HEYNE BÜCHER

W0297967

BRIEFE AUS SARAJEWO

Stimmen aus einer sterbenden Stadt

Herausgegeben von Anna Cataldi

Aus dem Italienischen von
Ursula Guidi, Josi Jaber, Doris Temme, Sebastian Viebahn

Deutsche Erstausgabe

WILHELM HEYNE VERLAG
MÜNCHEN

HEYNE ALLGEMEINE REIHE
Nr. 01/8815

Titel der Originalausgabe
SARAJEVO : VOCI DA UN ASSEDIO

Redaktion: Rainer-Michael Rahn

Copyright © 1993 Baldini & Castoldi
Copyright © der deutschen Ausgabe 1993
by Wilhelm Heyne Verlag GmbH & Co. KG, München
Printed in Germany 1993
Umschlagillustration: Deutsche Presse-Agentur/epa, München
Umschlaggestaltung: Atelier Ingrid Schütz, München
Satz: (1567) IBV Satz- und Datentechnik GmbH, Berlin
Druck und Bindung: Elsnerdruck, Berlin

ISBN 3-453-06954-4

Für alle meine Freunde,
die in Sarajewo kämpfen und sterben.
Möge eines Tages wieder Frieden einkehren
und die Stadt ihrer Träume entstehen.

Sarajewo, Ende November 1992

»Wann fährst Du nach Italien zurück?«

Der bosnische Junge in Militäruniform war sehr blaß. Die Lippen waren aufgesprungen, die durchsichtigen blauen Augen rot umrandet.

»In einer Woche«, antwortete ich.

»Könntest du mir einen Gefallen tun?«

Aus seiner Hosentasche kam ein zerfetztes Stück Papier zum Vorschein. Er streckte es mir entgegen; darauf eine fast unleserliche Telefonnummer.

»Kannst du diese Nummer anrufen, wenn du in Italien bist?«

Sein Englisch war spärlich, aber verständlich.

»Gut«, entgegnete ich, »aber was soll ich sagen?«

Das Zimmer des militärischen Kontrollpostens in Kosevo Brdo, einem Vorort von Sarajewo, lag im Dunkeln. Sandsäcke dichteten die Fenster ab. Draußen erhellte die Sonne einen eisigen Morgen.

»Du sollst sagen, daß ihr Sohn Alija durch eine Granate gestorben ist.«

Ich zog das Notizbuch aus meiner Windjacke.

»Und wann ist er gestorben?«

»Am 17. Juni. Vor fünf Monaten. Um zehn Uhr morgens.«

Ich kehrte nach Italien zurück.

Die Telefonnummer war falsch.

Mein Notizbuch war voll von anderen Nummern mit weiteren Mitteilungen: Rimini, Gorizia, Düsseldorf, Mailand, Wien, Bergamo... In einigen Fällen ist es mir gelungen, die Personen, für die die Nachrichten bestimmt waren, ausfindig zu machen: Moslems, Serben, Kroaten oder Juden.

Nicht alle Nachrichten hatten einen tragischen Inhalt: »Sag Ihnen, daß wir am Leben sind... Sag, daß es uns gutgeht...«

Aber die Nachricht, die sich hinter diesen Worten verbarg, war immer die gleiche: »Sag, daß wir von der Welt isoliert, machtlos sind. Sag, daß wir Hunger, Kälte und Angst erdulden, aber daß in uns der Wunsch nicht erlischt, uns denjenigen mitzuteilen, die wir lieben, und daß wir die Hoffnung nicht aufgeben, sie eines Tages wiederzusehen.«

Die Belagerung von Sarajewo hat die Stadt am 6. April 1992 unerwartet getroffen, als während einer Friedensdemonstration die Milizen von Karadzic aus den Zimmern 329 und 330 des Hotels Holiday Inn das Feuer auf die Menschenmenge eröffneten.

An jenem Tag begriff niemand, daß die Stadt bereits von der serbischen Artillerie umzingelt war.

Seitdem ist Sarajewo von der Welt abgeschnitten.

Die Blauhelme der Vereinten Nationen, die in Ex-Jugoslawien UNPROFOR heißen, haben sich am Flughafen Butmir verbarrikadiert, der mit der Stadt durch eine zwei Kilometer lange Straße verbunden ist. Die zwei gefährlichsten Kilometer, die es je in der Geschichte aller Kriege zu passieren galt. Sie haben auch eine Basis in dem zerstörten, nunmehr nutzlosen Post- und Telegrafenamt eingerichtet, nicht weit vom Flughafen.

Das Postamt ist bereits seit April außer Betrieb. Die Telefonleitungen sind seit Juni endgültig unterbrochen.

Sarajewo, die Stadt der Toleranz, wo jahrhundertelang unterschiedliche Bevölkerungsgruppen gelebt haben, von denen jede an ihren eigenen Gott glaubte und die das Leben miteinander teilten, ist das größte Konzentrationslager der Welt geworden. Die einzigen Zivilisten, die es betreten und verlassen können (indem sie ihr Leben auf der Flughafenstraße riskieren, dieselbe Straße, die zur Absperrung Ilidjza führt, einziger Ausweg aus der Stadt), sind die bei der UNPROFOR akkreditierten Journalisten.

Es gibt nur noch wenige Journalisten in Sarajewo.

Neunundvierzig ermordete Journalisten seit Januar 1991 in Ex-Jugoslawien. Ohne die Verletzten zu berücksichtigen, wie die junge Reporterin von CNN, die nie wieder wird sprechen können, weil ihr eine Kugel den Kiefer zertrümmert, oder wie der zweiundvierzigjährige Korrespondent von *Liberation*, dem im Juli eine Granate das Bein zertrümmerte und der sich dieser Tage in einem Krankenhaus in Paris der zwölften Operation unterzieht, um das andere Bein zu retten.

Außerdem gibt es in Sarajewo weder das Rote Kreuz noch Amnesty International, auch die heldenhaften Freiwilligen der ›Medecins Sans Frontieres‹ sind verschwunden.

Zu viele Tote unter ihnen, alles namenlose Helden.

Seit dem 6. April 1992 bedeutet die Tatsache, in dem langen engen Tal von Sarajewo zu leben – in siebenhundert Metern Höhe, von einem Gebirge umschlossen, das mehr als zweitausend Meter hoch aufragt und stufenweise abfällt –, Tag und Nacht russisches Roulett zu spielen. Auf jeder Höhe sind Kanonen, Granatenwerfer, Katiusha, Kalaschnikows, Maschinengewehre und Scharfschützen postiert, die ununterbrochen die Stadt unter Beschuß halten. Es gab bislang siebenunddreißig angekündigte Waffenstillstandsvereinbarungen: Nicht eine davon wurde eingehalten.

Man kann jede Minute, jede Stunde sterben, egal welchen Alters oder Geschlechts, welcher Nationalität und welchen Standes. Alle Bürger von Sarajewo sind ohne Unterschied in Gefahr, ob Serben, Moslems oder Kroaten, auch die Fremden, die gekommen sind, um zu helfen und um einer gleichgültigen Welt von der Tragödie zu berichten, die immer mehr an Bedeutung verliert.

Monate sind vergangen, Sarajewo ist immer noch belagert, und die Welt hat keinerlei ernsthaften Versuch gemacht, etwas zu unternehmen.

Inzwischen will keiner mehr Verantwortung übernehmen: weder die desinteressierten Zeitungen, indem sie Korrespondenten schicken, noch die humanitären Organisationen oder die UNO, die die Journalisten entmutigt und diesen tausend Steine in den Weg legt, wenn es darum geht, in die Stadt zu kommen.

Manche Journalisten bestehen beharrlich darauf, und es kommt auch vor, daß es ihnen gelingt, die Erlaubnis zu bekommen. Und die überlebenden Journalisten, einzige Verbindung mit der Außenwelt, reisen ab und müssen sich verwirrt mit unserer Welt auseinandersetzen. Vor ihrem geistigen Auge sehen sie Bilder, die sie immer wieder beschäftigen, manchmal mit einer schmerzlichen und unerklärlichen Sehnsucht, und in ihren Rucksäcken stapeln sich die Briefe, die ihnen die Bürger von Sarajewo anvertraut haben.

Es ist vorgekommen, daß sie durchsucht worden sind. Viele Briefe verschwanden. Manchmal sind Lastwagen der humanitären Organisationen, die auch Briefe transportierten, nie an ihrem Bestimmungsort angekommen. Die Flugzeuge der UNO wurden blockiert. Aber die Bürger von Sarajewo haben vier Jahreszeiten hindurch weiterhin Briefe aus ihren Zufluchtsorten unter Bombenhagel und im Schein der Öllampen geschrieben, und viele Briefe haben ihre Adressaten erreicht.

Man fragte mich, wie es mir gelungen sei, an die Sammlung dieser Briefe zu gelangen.

Als ich Ende November Sarajewo mit einem Fernsehteam verließ, versteckten sie in einem Auto ein 10 Monate altes bosnisches Kind, das sein Bein durch eine Bombe verloren hatte. Der kleine Kemal brauchte eine Prothese und ärztliche Versorgung auf mehrere Jahre hinaus. Dank des Fernsehens ist es uns gelungen, die finanziellen Mittel aufzubringen, um ihm diese Hilfe zu garantieren. So wurde Kemal berühmt. Und ich bekam Anrufe von bosnischen Flüchtlingen, deren Familienmitglieder in Sarajewo eingeschlossen waren.

Durch sie erhielt ich viele Briefe; in Zusammenarbeit mit ihnen haben wir die Briefe übersetzt. Briefe von Kindern wurden mir von der UNICEF überreicht.

Einer der traurigsten Augenblicke bei diesen Nachforschungen war folgender: Beim Institut von Monza, das ich im Dezember aufsuchte, fragte ich, ob die hundert Flüchtlingskinder Briefe aus Sarajewo erhalten hätten: »Es tut mir leid«, antwortete die Schwester, die das Institut leitet, »aber die Kinder haben seit ihrer Ankunft im Juli nichts bekommen. Nicht einmal eine Postkarte.« Seit Juli waren sieben Monate vergangen.

Ich habe die Briefe in vier Jahreszeiten aufgeteilt.

Das erste, was in einem Krieg unwichtig wird, ist die Einteilung der Zeit in Jahreszeiten, das zweite die Wahrnehmung der Wirklichkeit.

In diesen Briefen verlieren die Jahreszeiten durch fortwährend schmerzliches, enttäuschtes Warten an Bedeutung.

Alle Briefe sind authentisch. Um sowohl die persönliche Intimsphäre der Adressaten als auch die Sicherheit der Verfasser zu schützen, habe ich in vielen Fällen die Namen geändert.

Von Leuten geschrieben, die sich aus ethischen, religiösen, alters- und kulturbedingten Gründen unterscheiden, bilden sie einen Chor von Stimmen, die ohne Unterlaß aus Sarajewo schreien: »Laßt uns nicht sterben! Helft uns! Wir haben ein Recht auf Leben!«

Wir haben diese Briefe veröffentlicht, damit dieser Schrei nicht ungehört verhallt.

Anna Cataldi

Mailand, den 1. März 1993

FRÜHJAHR 1992

Sie war schön, meine Stadt,
diese Stadt am Ufer des Flusses;
sie war schön, meine Stadt,
sie machte alle Leute glücklich.

Frühjahr 1992

9. Februar 1992
Die Regierung von Bosnien und Herzegowina führt eine Volksabstimmung über die Unabhängigkeit der Republik von Ex-Jugoslawien durch. 66% der Bürger stimmen für ein unabhängiges Bosnien und Herzegowina. Im voraus entschieden sich 90% der Wähler in einer von der serbischen Demokratischen Partei ins Leben gerufenen Volksbefragung unter den Bürgern serbischer Nationalität für ein Bosnien und Herzegowina im Schoße Jugoslawiens.

27. März 1992
Gründung der serbischen Republik von Bosnien und Herzegowina (von der serbischen demokratischen Partei einberufene Versammlung).

4./5. April 1992
Erste bewaffnete Auseinandersetzungen in Sarajewo.

5. April 1992
Friedensdemonstration der Bürger von Sarajewo. Serbische Milizen eröffnen das Feuer auf Demonstranten.

6. April 1992
Die Demonstrationen gehen vor dem Parlament weiter. Die serbischen Heckenschützen treiben die Menschenmenge auseinander. Die EG erkennt offiziell die Unabhängigkeit von Bosnien und Herzegowina an.

7. April 1992
Auch die Vereinigten Staaten erkennen Bosnien und Herzegowina an (zusammen mit Slowenien und Kroatien).

8. April 1992
Die Regierung von Bosnien und Herzegowina ruft den Ausnahmezustand aus.

Während des Monats April kommt es zu schweren Angriffen auf Sarajewo durch die serbischen Streitkräfte, die bereits im voraus alle strategischen Stellungen über der Stadt besetzt und sich der Waffen aus den Lagern der Bundesarmee von Jugoslawien (JNA) und den Depots der Gebietsverteidigung (TO) bemächtigt haben.

27. April 1992
Serbien und Montenegro rufen die ›Föderative Republik Jugoslawien‹ aus.

2. Mai 1992
Die jugoslawische Bundesarmee verbündet sich mit den serbischen Milizen. Die Postzentrale von Sarajewo (38000 Leitungen) wird zusammen mit anderen lebenswichtigen Anlagen zerstört – durch die Bundesarmee.

14. Mai 1992
Erste Anzeige von Kriegsverbrechen der ›ethnischen Säuberung‹ in Ex-Jugoslawien durch das State Departement der Vereinigten Staaten.

22. Mai 1992
Bosnien und Herzegowina werden Mitglied der UNO.

27. Mai 1992
Massaker an Bürgern, die in der Vase Miskin-Straße um Brot Schlange stehen. Alle Opfer sind Zivilisten.

30. Mai 1992
Die UNO proklamiert mit der Resolution Nummer 757 Sanktionen gegen Serbien und Montenegro.

30. Mai 1992
Heftige Bombardierung des Gebäudes der Tageszeitung ›Oslobodjenje‹.

Juni 1992
Die Bundesarmee kündigt offiziell ihren Rückzug aus Bosnien und Herzegowina an. Dennoch bleibt der Großteil des Kriegsgeräts und der Männer bei den serbischen Milizen.

Die Infrastruktur von Sarajewo – die Straßen und das Kommunikationsnetz – wird systematisch zerstört. Erste Unterbrechungen der Wasser- und Energieversorgung.

8. Juni 1992
Mit der Resolution Nummer 758 verordnet die UNO die Entsendung von Beobachtern, um die Sicherheit des Flughafens Butmir in Sarajewo zu garantieren, über den humanitäre Hilfsgüter geliefert werden sollen.

BRIEFE AUS SARAJEWO

Sarajewo, 22. April 1992

Meine heißgeliebte Freundin,
heute ist Mittwoch. Ich sitze auf dem Boden und höre die Granaten. Es ist wirklich sehr interessant. Ich denke an die Idioten, die auf der anderen Seite schießen, und mir wird übel. Draußen strahlt die Sonne, Primeln und Löwenzahn blühen. Die Vögel singen nicht, vielleicht singen sie doch, aber man hört sie nicht. Es ist wirklich dumm, daß ich Dir diesen Brief schreibe. Vor allem:

1) Die Post ist nicht mehr in Betrieb, und wer weiß, ob dieser Brief Dich jemals erreichen wird.

2) Ich weiß nicht, was ich Dir schreiben soll. Es passieren so viele Dinge, alle sehr interessant. Ich hoffe, diese zwei Gründe reichen aus, daß Du meine Dummheit (immer souverän, unteilbar und für alle Nationalitäten offen...) einsiehst.

Deine Lada

Sarajewo, 24. April 1992

Liebster,
heute, Freitag, habe ich versucht, Dich anzurufen, aber es ist mir nicht gelungen.

Heute bin ich ›ungewöhnlich‹ aufgelegt. Es fehlt nicht mehr viel, und ich werde wahnsinnig. Ich fühle, daß es schwierig ist, sich dem zu entziehen. Ich weiß nicht, wie lange ich diesen Wahn ertragen kann. Ich habe beschlossen, mich heute abend zusammen mit meinen Freunden aus dem

Haus zu betrinken (super), in der Hoffnung, wenigstens für kurze Zeit das alles zu vergessen. Jetzt höre ich gerade: »Die Mädchen in den Sommerkleidern ...« Hier einige Informationen aus zweiter Hand:

1) In den Reihen der sogenannten serbischen Gebiete wurde ein Mitglied unserer ›Gesellschaft‹, der allgemein als D. P. bekannt ist, entdeckt.

Er befindet sich jetzt in dem gegenüberliegenden Gebäude, und das, ich weiß nicht warum, freut mich in gewissem Sinn.

2) Gestern abend kamen die ›Kumpanen‹ von jenem Haus (die paramilitärischen Serben) in den Garten vor unserem Haus, und während sie die Flaschen aneinanderschlugen, haben sie ein Lied gesungen:

»... und im Wald, in der Nähe des alten Baumstumpfes,
schneidet die Hand die Kehle durch,
die Zeit der schönen Träume ist gekommen,
gute Nacht ...«

Und sie haben sich schlafen gelegt.
Ich weiß, daß dies unwahrscheinlich klingt, aber es ist wahr.
Der absolute Wahnsinn.

Deine Lada.

Sarajewo, Sonntag, 6. April 1992

Ich bin es wieder. Heute ist alles ruhig. Wahrscheinlich wegen des Osterfestes. Gestern bin ich in die Innenstadt gegangen: Es war wunderschön. Mirela stellte sich vor, die Vase Miskin-Straße wäre Strandaun in Dubrovnik! In den letzten Tagen waren viele Leute auf den Straßen unserer Stadt, vor allem im Zentrum, das wirklich wie Strandaun zu sein schien. Jetzt ist es 19 Uhr, und langsam nähert sich der

Abend. Das Wetter ist fabelhaft. Der Sommer liegt in der Luft. Ich kann Dir gar nicht beschreiben, wie betrogen ich mich fühle, weil ich zu Hause bleiben muß, eingeschlossen. Der Horror! Jetzt habe ich einen Tiefpunkt und weiß nicht, was ich mit mir anfangen soll. Am liebsten würde ich auf einen Hügel steigen und die Stadt unten im Tal betrachten. Und dann den Himmel. Pfui, wie romantisch ich bin!

Ich dachte, diese Scheiße ertragen zu können. Das Schlimmste ist die Ungewißheit, und niemand kann wissen oder sich vorstellen, was passieren wird. Hey, Baby, ich würde Dir so gerne schreiben oder mit Dir darüber sprechen, aber alles, was ich bis jetzt geschrieben habe, erscheint mir völlig dumm und unmöglich. Jetzt gehe ich eine Zigarette rauchen.

Ich hab' Dich lieb.

Deine Lada

»Hier bin ich wieder, hier bin ich wieder,
schöner als zuvor,
nie... nie, wo ist jetzt die Mannschaft,
die nie innehielt?
Wo ist jetzt die Mannschaft, wo ist das Vergnügen,
die Spiele... bla... bla... bla...«

Draußen geht die Sonne weiter. Und mit der Sonne der Waffenstillstand (wie gut), die Leute gehen weiter. Alles geht weiter. Auch ich gehe weiter mit dem aromatisierten, starken Grappa, während MTV weiter Diskomusik sendet. Du, in jenem fernen Land, mach weiter mit deinem Italienisch, tapfer wie ein Drache. Meine Kleine, dieser Grappa hat mich schon etwas benebelt, und ich wäre sehr froh... was weiß ich denn...

Mirela und Marko haben sich zerstritten, weil er viele Dummheiten über diesen Krieg gesagt hat. Serbien – aber Du weißt das ja schon – was für eine Scheiße!

Gute Musik auf MTV! Jetzt singen ein paar Neger ein Lied von Tennessee. Weißt Du, daß es mir in diesem Augenblick gefallen würde, dort hinzufahren.

Baby, ich liebe Dich so sehr, ob Du es glaubst oder nicht!

Lada

Sarajewo, 10. Mai 1992

Mein lieber Sohn,
seit Eurer Abfahrt verschlechtert sich hier die Situation unaufhaltsam. Ich danke Gott, daß Ihr – Du, Deine Frau und mein kleiner Enkel – Euch in Sicherheit bringen konntet.

Ich schicke Dir diesen ›offenen Brief‹, weil ich möchte, daß unsere italienischen Freunde und die ganze Welt erfahren, was in unserer Stadt passiert.

Bei der Zeitung ›Il Giornale‹, die in Mailand verlegt wird, hatte ich einen lieben Freund. Ich bitte Dich, ihm beiliegenden Brief zu übergeben, vielleicht kann er ihn veröffentlichen.

Sarajewo, Mai 1992

Geschätzter Direktor von ›Il Giornale‹,
ich schreibe Ihnen, dem Vorsitzenden des italienischen Journalistenverbandes, aus den Ruinen einer sehr schönen, einzigartigen Stadt – aus Sarajewo, das heute barbarisch zerstört ist, ehemals das ›malerische Jerusalem des Balkans‹, wie ich in Ihrer renommierten Zeitung gelesen habe.

All das, mein werter Direktor, ist nun ein Inferno des Todes: Gestank nach Verbranntem, Hunger, Wehklagen, tote oder verstümmelte Menschen, eingestürzte Moscheen, Kirchen und Synagogen, zerstörte Bibliotheken, Kindergärten,

Hotels, Krankenhäuser, Museen und Wohnviertel... In Kürze eine verdammte Stadt, wie mehrere Dutzend andere Städte in meinem Bosnien und Herzegowina, mit Waffengewalt erstürmt und besetzt. In diesem Todesgewirr und diesem Kanonendonner, das seit mehr als 40 Tagen tobt, habe ich auf Umwegen erfahren, daß gerade Ihre Zeitung ›Il Giornale‹ im Kampf für die Wahrheit über dieses Inferno an der Spitze steht. In diesem Inferno, wo der serbische Soldatenpöbel, das Heer und käufliche Banden aus Serbien meine Mitbürger gewissenlos mit Raketen und Kanonen vernichten, meine Stadt, die umzingelt ist, meine Heimat zerstören.

Ich bitte Sie persönlich mit voller Inbrunst, die angesichts solcher Leiden und Opfer so vieler Unschuldiger entsteht, mir zu gestatten, dem italienischen Volk meine Gefühle darzulegen. Es beschämt mich aufrichtig, in den letzten vier Jahren so naiv und leichtgläubig gewesen zu sein, ergeben die Pflicht eines Generalkonsuls der ehemaligen Republik Jugoslawien in Mailand erfüllt zu haben...

Ich schäme mich, in einer offiziellen Position gewesen zu sein, in der die Fäden für langfristige Pläne über das große Serbien Milosevics und seiner Helfershelfer, nämlich des Heeres, geschickt gezogen wurden; man hat auf teuflische Weise die Wahrheit über das Ziel dieses ganzen Krieges verheimlicht. Ich schäme mich, Zeuge eines Raumes und einer Zeit (Sarajewo, Mai 1992) zu sein, wo am Ende eines Jahrtausends auf europäischem Boden mit Präzisionsgewehren Kinder erschossen werden, mit Kanonen unschuldige Menschen getroffen werden, vom Flughafen aus bombardiert wird und in kürzester Zeit auf brutalste Weise alles zerstört wird, was lebt, menschlich ist und existiert.

Ich schäme mich, die Zeit und Energie verschwendet zu haben, während der so schönen acht Jahre, die ich in meiner Eigenschaft als Diplomat zuerst in Rom, dann in Mailand verbracht habe. Ich versuchte meinen italienischen Freunden die Bedeutung der Kultur und der Zivilisation meines

Landes näherzubringen; statt dessen hätte ich gegen alle Anzeichen einer künftigen Politik, die auf Völkermord und das barbarische ›Projekt Groß-Serbien‹ abzielt, ankämpfen zu müssen.

Ich schäme mich heute, daß ich ohnmächtig bin wie alle meine Mitbürger und Landsleute, daß ich den serbischen Gaunern und dem Ex-Heer von Tito nichts anderes zeigen kann als stille Verachtung und Abscheu.

Ich schäme mich, gegenüber den Aggressoren und Mördern so schwach zu sein wie alle meine Mitbürger, nur schweigsam und ohnmächtig zusehen und Dutzende von toten Kindern zählen zu können, machtlos die Schreckensszenen von Breko, Bijeljina, Foca, Mostar, Zvornik, Bosanski Brod, Caplijna, Siroki Brijeg und anderen Städte in Bosnien und Herzegowina mit den abgeschlachteten Leichen unschuldiger Leute, mit ganzen Städten und Wohnvierteln, die verbrannt und zerstört sind, anzuschauen.

Ich schäme mich, für das mangelnde Gewissen der Intellektuellen und Journalisten von Belgrad, die heute stillschweigend, mit verschlossenen Augen und Ohren, als Zeugen dieser Verbrechen, Zerstörung, Plünderung und Vernichtung meiner Heimat leben.

Ich schäme mich, weil Europa unentschlossen ist und zu lange schweigt.

Ich bitte Sie darum, werter Direktor, Ihre edle Mission – nämlich die Wahrheit aufzudecken – weiterzuverfolgen und an das Gewissen all derer zu appellieren, die sich in gleicher Weise für diese europäische Tragödie schämen sollten.

Dr. Aziz Hadzihasanovic
Ex-Generalkonsul der ehemaligen
Republik Jugoslawien

Sarajewo, Samstag, 16. Mai 1992

Ich bin hier,
die Freischärler kämpfen, und unser kleines Leben ist ihnen gleichgültig. Es geht mir gut, ich bin gesund etc. Das gleiche gilt für meine Familie. Ich bin etwas hysterisch und neurotisch, aber wie sollte es anders sein, wenn ich seit vier Tagen im Gang vor dem Aufzug sitzen muß, mit immer weniger Hoffnung auf ein Ende dieser Scheiße. Gestern haben sie den Eingang neben dem meinen angezündet. Von den Panzern aus haben sie auf uns gezielt. Weißt Du, daß das sehr interessant ist? Denn wenn dich dieses Ding trifft, gibt es kein Entkommen. Ich habe gesehen, wie es in einen Teil des Gebäudes eingeschlagen hat und auf der anderen Seite wieder herausgekommen ist, und es hat die Fenster samt Rahmen durchschlagen, ohne die Gardinen auszulassen.

Jetzt liegt dort ein einsames Fenster, zwanzig Meter vom Haus entfernt. Sehr schön! Und dann ist es den Leuten aus dem bombardierten Haus irgendwie gelungen, in unseren Eingang zu fliehen, denn die Hälfte von ihnen hat buchstäblich kein Dach mehr über dem Kopf. Gestern abend haben sie bei uns geschlafen. Wir haben sie sehr gut untergebracht, haben ihnen die besten Plätze in unserem Keller angeboten. Es war etwas eng, aber Du weißt ja, daß wir solidarisch sind.

Und somit wird auch heute geschossen. Milosevic und Karadzic waren sich einig, unsere Geburtsstadt – oder besser das, was davon noch übrig geblieben ist – zu bombardieren. Scheinbar hat ein gewisser General daran Anstoß genommen, und deshalb hat man uns gestern nicht bombardiert, was nicht bedeutet, daß sie es künftig nicht tun werden. Ich sage Dir nur, daß diese Bomben verboten sind, und um nicht zu viele Blätter mit diesen Dingen zu füllen, ist es wohl besser, wenn Du Dich anderweitig darüber informierst. Ich habe mich über die Auswirkungen dieser Bomben erkundigt und kann Dir sagen, daß diese sehr interessant sind. Rock 'n' Roll,

Disko... Seit drei Tagen haben wir keinen Strom, und somit kann ich nicht in die Disko gehen. Ich weiß nicht, was da vor sich geht. Über die Hälfte der Stadt hat keinen Strom, und daher kann ich mich über nichts informieren. Ich weiß nicht einmal, ob die RTWSA funktioniert, aber ich glaube nicht. Ich weiß nicht, ob die Information stimmt, daß der Sender getroffen worden ist. Auch unsere Batterien sind leer. Wir können nicht einmal Nachrichten im Radio hören. Bei dem Ganzen bin ich wirklich verrückt geworden. Ich hätte mir nicht träumen lassen, daß so eine Scheiße passiert. Dies ist ein ›riesengroßes, riesengroßes‹ Inferno. Ich frage mich nicht mehr, ob ich normal bleibe, sondern nur, ob ich überleben werde. Dies ist eine riesengroße Schweinerei, und – pfui – ich habe es wirklich verlernt, schön zu sprechen, mich auszudrücken. Und so weiß ich nicht, was ich Dir schreiben könnte, denn, wenn ich fähig wäre, den Horror zu beschreiben, der in mir ist, würde aus diesem Papier eine wilde, schleimige, abgehäutete, schmutzige Bestie hervorkommen.

Also, Kleine, ich werde Dir schreiben, wenn ich (mit Gottes Hilfe) etwas normaler geworden bin!

Du fehlst mir sehr.
Deine Lada

18. Mai 1992

Lieber Professor Mebojsa Popov,
seit ich zurückgekehrt bin, träume ich ständig. Ich träume, ich wäre noch in Sarajewo. Aber ich wache auf und bin in Mailand. In Sarajewo war ich vor zwei Wochen.

In mir habe ich ein Sarajewo in sechs Bildern, und bevor ich sie vergesse, möchte ich sie aufschreiben, möchte, daß Sie sie lesen:

Mailand, 10. Mai

Ich habe gerade das Telefon eingehängt:
»Es geht mir gut, meine Tochter. Wir haben keine Fensterscheiben, und in dem Gebäude nebenan ist ein gewaltiges Loch. Wir sind am Leben und gesund. Heute haben wir auch Brot kaufen können. Macht Euch keine Sorgen!«

Das Telefonat ist kurz, aber es schenkt mir einen weiteren Augenblick der Erleichterung, denn es geht ihnen gut. Sie sind am Leben und gesund.

Ich bin in Sarajewo gewesen. Jetzt bin ich wieder in Mailand und muß mir nicht mehr den Kopf darüber zerbrechen, ob mein Sohn morgen ein Glas Milch haben wird. Ich bin in Sarajewo gewesen, obwohl mir alle geraten haben, nicht vor dem 6. April hinzufahren. Ich wollte es nicht glauben. Dennoch fühle ich mich etwas erleichtert, denn ich habe ein paar Dinge begriffen. Ich sah, daß sie uns belogen, uns beraubten, unsere Häuser zerstörten, uns vor Hunger sterben ließen, uns nicht erlaubten zu arbeiten, uns verletzten und töteten – alles, um uns zu zeigen, daß wir uns hassen und daß wir nicht zusammenleben können. Ich habe gesehen, daß sie auch dazu fähig waren, auf eine Menschenansammlung vor dem Parlament zu schießen. Die Leute hatten sich unbewaffnet versammelt, um die Macht derer, die gut bewaffnet waren, im Keim zu ersticken. Ich habe begriffen, daß es ihnen gelungen ist, aus uns gewöhnlichen Leuten Nationalisten zu machen.

Während ich diese Bilder niederschreibe, werden im Geiste immer neue wach:

Bild Nummer 1
Es ist Freitag, der 27. März. Während einer Flugpause in Belgrad verfolgen wir die Nachrichten im ersten Programm des RTV von Belgrad. Die erste Viertelstunde eine Rede des serbischen Präsidenten über die Eisenbahn in Serbien. Und in

diesem Augenblick steht Bosanski Brod in Flammen. Dann ein Bericht über die Gründung der Republik Srpska von Bosnien und Herzegowina. Auf den zufriedenen Gesichtern der Kriegshetzer macht sich ein Grinsen breit. In Bosanski Brod ist die Raffinerie getroffen worden, aber darüber nur eine kurze Meldung. Wir besteigen verängstigt das Flugzeug, fliegen Richtung Sarajewo und fragen uns, ob uns dort wohl Barrikaden erwarten. In mir steigt das seltsame Gefühl auf, einer Falle entgegenzufliegen.

Bild Nummer 2
In Sarajewo einige scheinbar normale Tage. Ein Zustand der Anarchie. Beobachtung der Mienen der Leute. Ich frage mich, was sie wohl denken, zu welchen Taten sie wohl fähig sind. Auf der Straße treiben Schmuggler ihr Unwesen. Es herrscht Spannung.

Bild Nummer 3
Der 5. April ist angebrochen. Wir gehen das erste Mal in unseren Bunker. Es bekämpfen sich zwei von Moslems besetzte Straßen und drei in serbischer Hand befindliche Straßen, dazwischen ein Wolkenkratzer. Die serbischen Paramilizen haben die Polizeischule der Republik im Vrace-Viertel besetzt. Die erste Erfahrung mit einer aus nächster Nähe geworfenen Handgranate und das ohnmächtige Warten darauf, wo sie hinfallen wird, sind fast unerträglich. Bald wird es zur Gewohnheit. Es beginnt Lügen, Desinformationen, gegenseitige Anschuldigungen zu hageln, als ob das, was sich gerade ereignet, nicht schon schrecklich genug ist. Die Moslems sind unbewaffnet, haben nichts, womit sie sich schützen können. Paraga ist in Busovaca. Die schwerbewaffnete, serbische Artillerie zerstört Cupres. Istiga wird bombardiert. In Visegrad bombardieren die serbischen Paramilizen die Stadt mit Granatwerfern und Kanonen. Sabanovic, kriminell, chauvinistisch, fast verrückt, möchte die zentrale Wasserver-

sorgung von Visegrad in die Luft sprengen lassen, um die serbische Aggression im Keim zu ersticken. Und dann... Foca, Zvornik...

Ein Feuer entzündet das andere. Die Bevölkerung flieht dorthin, wo sie hofft, Zuflucht zu finden, und zieht ihr Hab und Gut hinter sich her. Sie verabschieden sich, serbisch-moslemische Familien trennen sich, weil man denkt, daß es für jeden sicherer ist, unter den ›Seinen‹ zu bleiben. Genau dies wollten ›Sie‹ erreichen.

Uns trifft das menschliche Leid.

In Sarajewo schlagen die Granaten ein. Wenn die Granaten schweigen, schießen die Heckenschützen. Und niemand steht auf der Stirn geschrieben: ›Serbe, Moslem, Kroate‹. Man wiederholt den berühmten Satz, daß der Zweck jedes Mittel heiligt. Man schießt, Trambahnen fahren vorbei, die Bäcker backen Brot, und die Journalisten und Ärzte kommen fast nicht mehr nach Hause. Die Stadt wehrt sich gegen den aufgezwungenen Krieg, zeigt ihren Mut.

Die serbischen Formationen wählen sich ihre Ziele nicht aus. Sie zerstören Krankenhäuser und Wohnviertel. Es scheint, daß ihre Logik folgende ist: »Ihr wolltet die Unabhängigkeit, jetzt werden wir sie euch zeigen!« Das ähnelt einem Fluch. Ihnen sind auch die hundertfünfzigtausend Serben und Montenegriner von Sarajewo egal, die in ihren Kellern eingesperrt sind und keine Milch für ihre Kinder haben.

Es scheint für sie auszureichen, daß die Mitglieder der serbischen Nationalistenpartei sich selbst und ihre Angehörigen in Sicherheit gebracht haben. Der Philosophieprofessor Aleksa Buha, ›Außenminister der Republik Srpska von Bosnien und Herzegowina‹ meldet sich aus Novi Sad. Die ›Minister‹ Maksimovic und Ostojic sind in Foca auf der anderen Seite der Front.

Man weiß nicht, wo Karadzic zu finden ist. Er ist anscheinend in Pale.

Bild Nummer 4

Demonstration vor dem Parlament. Eine gewaltige Menschenmasse strömt in Richtung Stadt zusammen. Es kommen die Minenleger von Breza, Kakanj, Vares. Leute aus Mostar, Zenica und Tuzlar treffen ein. Die Menschen schwenken die Symbole, die sie mit sich tragen: Fahnen von Jugoslawien, ein Foto von Tito, und sie halten sie denen der Nationalisten entgegen. Sie schwenken sie nicht aus Nostalgie oder aus Erinnerung an die vergangene Zeit, sondern nur, weil neue Symbole fehlen.

Die Exkommunisten versuchen die Demonstranten zu manipulieren. Serbische Heckenschützen nehmen die Menschenmenge unter Beschuß. Der Präsident, Alija Itzebegovic, kommt, um mit den Leuten zu sprechen, aber sie geben ihm nur zwei Minuten und dann pfeifen sie ihn aus. Das kroatische Fernsehen strahlt nur eine sehr kurze Meldung aus, die man in einen Satz zusammenfassen kann: An jugoslawischen Fragen hat man in Kroatien kein Interesse.

Das hätte man seit längerem wissen können. In aller Stille ist es Tudjman gelungen, zu verwirklichen, was er wollte, nämlich den Krieg nach Bosnien zu verlagern und seine Stellungen in Westherzegowina zu stärken. Die SDA (Partei der Demokratischen Aktion von Izetbegovic) publiziert eine Mitteilung, in der er ernsthaft das ›manipulierte Volk‹ kritisiert. Die SDS (die Serbische Demokratische Partei von Karadzic) klagt Izetbegovic an, die Leute, die sich auflehnten, manipuliert zu haben. Das jugoslawische Heer macht das Gegenteil von dem, was er behauptet zu tun.

Die Bürger können immer noch nicht glauben (leider werden sie sich sehr bald davon überzeugen müssen), daß die Geschützrohre der Panzerwagen und der Granatwerfer des Heeres bereits auf sie gerichtet sind. Sie geben sich immer noch der Hoffnung hin, daß das Heer sie beschützen würde.

Unter dem Beschuß der Heckenschützen und durch anderen Druck hat sich die Menge der Demonstranten aufgelöst.

Diese waren weder durch eine Einzelperson noch durch eine Personengruppe gezielt organisiert, die die Verantwortung übernommen hätte, die Revolte bis zur Erfüllung der Forderungen fortzusetzen.

Ihre Forderungen waren:
1. Entlassung der Regierung
2. Neubildung einer Vertrauensregierung
3. Sofortige Neuwahlen

Die Forderungen blieben unerfüllt. Die Demonstrationen vor dem Parlament haben das Wesentliche dieses Ereignisses an den Tag gebracht: Die Nationalisten können sich auf nichts einigen, weil sie sich ganz einfach nicht einigen wollen. Sodann haben sie auch zu verstehen gegeben, daß nunmehr in Bosnien und Herzegowina kein Frieden mehr einkehren wird, weil sie schon seit Beginn des Krieges zu weit gegangen sind.

Bild Nummer 5

Wir fahren nach Mailand zurück, ich fühle mich schlecht, schäme mich, weil ich wegfahre. Ich versuche mich davon zu überzeugen, ausreichende Gründe zu haben, um diese Entscheidung zu rechtfertigen.

Der Flughafen erinnert an Bilder aus Filmen über Vietnam und Beirut. Im Flugzeug sitzen die Leute auch auf dem Boden. Jeder hat ein Kind auf dem Schoß. Am Flughafen von Belgrad registrieren sie uns. Sie zählen die Flüchtlinge. Sie schreiben auch die Adressen auf. Der Angestellte scheint erstaunt zu sein, als wir ihm sagen, daß wir nach Mailand nach Hause fahren. Irgend etwas paßt ihm nicht. Mein Name und der meines Mannes sind zwei verschiedenen etnischen Gruppen zugeordnet: Wir gehören zu denjenigen, die sich hassen und nicht zusammenleben sollten.

Wir verbringen die Nacht in Belgrad. Wir verfolgen im Fernsehen eine Übertragung, die zwei Stunden dauert und über Arcan und die Befreiung von Osijek in Kroatien handelt. Sie sprechen über die ›Säuberung‹ der Zufluchtsorte durch Bomben. Es fallen mir die Jungen und Mädchen unseres Unterschlupfes in Sarajewo ein: fünf serbisch-montenegrinische Familien, drei Moslems und zwei Kroaten, die sich Mut machten und sich gegenseitig halfen, diesen Wahnsinn zu überleben. In mir steigen Wut und das Gefühl der Ohnmacht auf.

Bild Nummer 6, das Ende
Wir kommen in Zürich an; die Schweiz kränkt uns beinahe mit ihrer Reinheit, Ordnung und mit ihrem Frieden. Die liebliche, schöne Landschaft und der Reichtum, den dieses Land ausstrahlt, bewirken, daß die Bilder, die wir in uns haben, auf einmal das Merkmal annehmen, das sie von Anfang an hatten: Absurdität.

Wie viele Menschen kämpfen in Bosnien? Hundertfünfzigtausend, zweihunderttausend, zweihundertfünfzigtausend? Die Bevölkerung von Bosnien-Herzegowina ist ihre Geisel.

Lieber Professor, ich würde so gerne wissen, was die Präsidenten der Staaten von Ex-Jugoslawien dieser Tage träumen. Ob sie wohl wie ich träumen?

Denn der Teufel hat mein Haus betreten.

Und ich habe auf den Boden einen gewaltigen Kreis gezogen, in den ich alle Leute aufnehmen möchte, die ich liebe. Aber sie glauben mir nicht und wollen nicht hineinkommen. Also schreie ich, weil ich nicht fähig bin, sie zu beschützen.

Also, Herr Professor, ich sehe den Teufel sehr klar und erkenne ihn.

Aber auch er wird eines Tages gerichtet werden.

Ihre Schülerin
Tatjana Sekulic

Sarajewo, 29. Mai 1992

Meine Kinder, die ihr so fern seid,
ich weiß nicht, ob ihr in den Zeitungen gelesen habt, was hier vor zwei Tagen passiert ist. Wir dachten, bereits das Schlimmste gesehen zu haben, aber das, was in der Miskin-Straße vorgefallen ist, ist etwas, wofür ich keine Worte finde.

Mein Freund, der Professor Zdravko Grebo, hat im Radio gesprochen. Ich habe seine Worte aufgeschrieben.

Zdravko Grebo auf Radio B-92 in Sarajewo, am 27. Mai:

»Ihr Freunde in Sarajewo, ich bin nicht nur einmal in der Vase Miskin-Straße gewesen. Ich war viermal dort. Das erste Mal um 10.30 Uhr. Dann bin ich zur Radiostation gegangen, um an die Leute zu appellieren, zu kommen und für die gewaltige Anzahl von Schwerverletzten Blut zu spenden. Ich bin dorthin zurückgekehrt und habe A. P. und Z. H., zwei bekannte Kommandeure von Sarajewo, vorgefunden, die einfach keine Worte mehr fanden, nur schrien und weinten. Vor kurzem war ich wieder dort, um die Leute hinzubringen, die bereit waren, Blut zu spenden.

Und jetzt berichte ich aus dem Sendestudio der Unabhängigen Radiostation.

Sicher, ich war in der Miskin-Straße, aber nicht von Anfang an. Ich bin dort angekommen, eine halbe Stunde, nachdem ich es erfahren habe.

Wenn Ihr ein Zeugnis für das Vorgefallene wollt, so wißt, daß man es nicht beschreiben kann... Denn das, was in Sarajewo in den letzten zehn Stunden vorgefallen ist, übersteigt jede mögliche vernünftige Erklärung.

Denn, wie Ihr, die Ihr uns zuhört, erfahren habt – oder vielleicht nicht erfahren habt – oder vielleicht nicht erfahren habt, ich erinnere mich auch nicht mehr –, wurde gestern die Entbindungsklinik Zehra Mujdovic, die genau neben der

Unfallklinik liegt, die den Großteil der Verletzten von Sarajewo aufnimmt, heftig bombardiert.

Wir haben gedacht, daß ein solches Gemetzel das Ende des Wahnsinns sein könnte, daß kein Geist, nicht einmal der gestörteste, sich etwas Schlimmeres ausdenken könnte.

Somit schien heute früh, als ein schöner Frühlingsmorgen begann, alles fast ruhig.

Und eine große Anzahl von Leuten hat sich ein Herz gefaßt und sich vor der einzigen Bäckerei, die in unserer Stadt noch geöffnet ist, versammelt.

Die Leute sind einfach aus ihren Kellern gekrochen und haben sich angestellt. Und dann sind alle Granaten auf einmal eingeschlagen.

Mehr als hundert Leute wurden schwer verletzt und dreißig sind schon gestorben, während ich jetzt zu Euch spreche.

Vase Miskin-Straße...

Um den Leuten von Sarajewo eine Lektion zu erteilen, die herauszugehen, spazierenzugehen und zu zeigen versucht haben, daß sie trotz der im Gebirge von Trebevic postierten Männer, die sie mit bloßem Auge sehen konnten, keine Angst haben. Alles ist verdunkelt, massakriert und zerstört...

Ich weiß nicht, was ich sagen soll.

Das Blut floß in Strömen in der Miskin-Straße, und das ist keine dichterische Übertreibung.

Dies ist keine Metapher!

Dies sind nicht die Blutflecken auf der Straße, an die wir uns zu gewöhnen beginnen. Das Blut floß buchstäblich in der Miskin-Straße! Hände und Beine lagen auf den Balkons... eine Frau trug ihr Bein in der Hand und versuchte, ich weiß nicht wo, hinzukommen... die Menschen wälzten sich wie Baumstämme auf der Miskin-Straße.

Eine Frau saß da, ihren vierjährigen Sohn an der einen, den siebenjährigen an der anderen Hand, beide tot... Ich könnte nicht sagen, welches der beiden Bilder grausamer ist! Wenn jemand nicht glaubt, daß es möglich ist – das Fernsehen von Sarajewo hat diese Bilder aufgenommen.

Und wenn es auf der Welt nur ein wenig Gewissen gibt, bitte ich, diese Bilder zu senden, so wie sie sind. Das Fernsehen von Sarajewo bietet sie im internationalen Austausch an – und auch hier, unter den Fernsehstationen, die früher einmal zusammenzuarbeiten wußten. Ich fordere nichts anderes. Nur, daß die öffentliche Meinung in Belgrad und in Serbien erfährt und sieht, daß die Miskin-Straße ein Blutstrom geworden ist.

Ich habe furchtbare Dinge gesehen: eine ganze Granate in dem Bauch eines Menschen...

Ich weiß wirklich nicht, was noch in Sarajewo und in Bosnien-Herzegowina passieren muß, um die Bequemen mit den tauben Ohren aufzurütteln und sie zu überzeugen, daß der Faschismus erneut erwacht ist.

Ich bitte Sie noch einmal... und dann werde ich nichts mehr erbitten. Ich werde hierbleiben und diese Stadt verteidigen...«

Liebe Kinder, in diesem Augenblick möchte ich nichts weiter hinzufügen.

Es grüßt euch zärtlich
Euer Vater

Sarajewo, 30. Mai 1992

Meine liebe Olga,
es ist furchtbar, daß ich Dir auf diese Weise das Beileid für den Tod Deiner kleinen Tochter übermittle.

Ist es möglich, daß Zeiten angebrochen sind, in denen unsere Generation die eigenen Kinder zu Grabe trägt? Ich erinnere mich an Bemtbasa und an unsere Diplomfeier. Du hast mich auf eine Tasse Kaffee bei Dir daheim eingeladen. Ich erfand die Ausrede, familiäre Verpflichtungen zu haben, und sagte zu Dir: »Ich komme ein anderes Mal.«

Nun, hier ist mein ›anderes Mal‹. Aber mußte es so schmerzlich sein? Heute nacht hat mich meine Cousine, die Freundin Deiner Tochter, davon unterrichtet.

Ich schrie lauthals. Ich weiß nicht, ob jemand meinen schrecklichen, primitiven Schrei gehört hat. Ich will nicht glauben, daß ›die Menschen‹, die von auswärts kommen, unsere Stadt nicht mögen. Ich kann nicht glauben, daß sie auf der Straße, wo wir bis zur Drvenja-Brücke liefen, um zu unserem Gymnasium zu gelangen, jetzt unsere Kinder ermorden, während diese auf der Suche nach Brot sind.

Weißt Du, daß ich nächtelang nicht schlafe, nachdenke und versuche, diese Wesen zu analysieren – ich kann sie nicht als ›Menschen‹ bezeichnen, diejenigen, die unsere Stadt unter Beschuß halten. Erinnerst du Dich, wir teilten in unserem Keller Schwarzbrot mit Erdnußbutter und Maishonig. Wir waren alle gleich. Warum haben wir Ihnen erlaubt, zu kommen und akademische Titel bei uns zu erringen, anstatt unsere Denkweise und unsere Toleranz anzunehmen? Jahrhundertlang haben wir in Sarajewo in Toleranz von ›Latinluk‹, ›Tslihan‹ und ›Mahala‹ gelebt.

Ich habe gelesen, daß sie alles zerstören.

Können Sie alles zerstören?

Ich glaube nicht.

Ich fühle mich ermutigt, seit ich mit Igor gesprochen habe. Und ich fühle es auch für Euch alle, die Ihr in Sarajewo geblieben seid und die Ihr nicht Eure Vaterstadt verlassen wollt.

Meine Liebe, alles was ich zu Deinem Trost sagen kann, sind wahrscheinlich nur leere Worte. Man sagt, daß ein Schmerz wie Deiner der größte überhaupt ist. Es schmerzt mehr als eine Fehlgeburt.

Es werden Zeiten kommen, in denen wir uns wieder treffen können, in denen wir aus Sarajewo einander in die Augen sehen können, trotz aller Geschichten von Andric über die Glockentürmen und über die Turmuhren.

Ich habe Dich gern, ich habe Deine Familie gern und bin in Gedanken bei Euch.

Deine Merima

Der Brief wurde nach dem ›Blutbad in der Miskin-Straße‹ von einer moslemischen Frau, die in Sarajewo geboren ist, an ihre serbische Freundin geschrieben, deren Tochter ihr Leben in der Miskin-Straße am 27. Mai 1992 verloren hat.

SOMMER
1992

WENN DER VATER IN DEN KRIEG GEZOGEN IST:
Wenn Du nur wüßtest, wie man sich fühlt,
einen Vater zu haben,
der in den Krieg gezogen ist.
Du flüchtest vor dem Unglück, doch das Unglück
verfolgt Dich.
Du hast keine einzige Nachricht von Deinem Vater,
und eines Tages,
wenn alles schwarz zu werden beginnt,
klopft Dein Vater an der Tür
bleibt fünf Tage,
und dann verläßt Dich das Glück wieder.
Und mein Herz schlägt heftig wie eine kleine Uhr,
und jetzt bin ich nicht mehr fähig zu schreiben,
weil mein Vater
nicht mehr hier ist, in meiner Nähe.

Zana, 12 Jahre

Sommer 1992

28. Juni 1992
Ankunft des französischen Präsidenten Mitterand in Sarajewo.

28. Juni 1992
Abstimmung der UNO über die Resolution Nummer 761, nach deren Bestimmung der Flughafen von Sarajewo unter die Kontrolle der ›Blauhelme‹ für die humanitären Hilfsaktionen gestellt wird.

Juli 1992
In Sarajewo fehlen Wasser und elektrischer Strom.

Das Internationale Rote Kreuz deckt die Existenz von Konzentrationslagern in Bosnien und Herzegowina auf.

13. Juli 1992
Die Anzahl der Blauhelme in Sarajewo wird auf 1600 erhöht.

27. Juli 1992
Die Telefonverbindungen von Sarajewo mit der übrigen Welt werden endgültig unterbrochen.

28. Juli 1992
Ein Flugzeug mit etwa hundert Frauen und Kindern aus Sarajewo landet in Mailand, auf Initiative der Stadtverwaltung von Mailand und einer Kinderhilfsorganisation aus Sarajewo.

5. August 1992
Die Vereinigten Staaten bitten alle Länder der UNO, bei der Sammlung von Informationen über die Kriegsverbrechen von Radurak mitzuarbeiten.

14. August 1992
Die UNO ernennt Tadeus Mazowiecki zum Sondergesandten in Sachen Übertretungen der Menschenrechte in Ex-Jugoslawien.

25. August 1992
Lord Carrington tritt vom Amt des Vermittlers für Ex-Jugoslawien zurück.

26. August 1992
In London beginnt die internationale Konferenz über Ex-Jugoslawien unter dem Schutz der UNO und der EG.

28. August 1992
›Vijecnica‹, die Nationalbibliothek von Sarajewo, wird getroffen und geht in Flammen auf. Es verbrennen über 100000 Bücher von unschätzbarem Wert.

In dem gesamten Zeitraum setzen die Journalisten der Radio- und Fernsehstationen von Sarajewo und der Tageszeitung ›Oslobodjenje‹ ihre Arbeit fort. Radio und Fernsehen senden aus unterirdischen Bunkern des RTV-Gebäudes, das ständig unter Beschuß der Artillerie und der serbischen Heckenschützen liegt. Die Redaktionen behalten die multiethnische Zusammensetzung ihrer Journalisten bei. Viele von ihnen werden bei ihrer Arbeit getötet.

3. September 1992
Unter dem Schutz der UNO beginnt die Genfer Konferenz.

3. September 1992
Ein italienisches Militärflugzeug, das Decken nach Sarajewo transportiert, wird abgeschossen. Die vier Besatzungsmitglieder kommen ums Leben.

23. September 1992
General Philippe Morillon, zweiter Offizier der Schutzmacht der Vereinten Nationen in Ex-Jugoslawien, wird zum Chef der Blauhelme in Radurak.

Sarajewo, 22. Juni 1992

Happy birthday to you!
Ich denke an Dich. Und ich bin froh, daß Du heute nicht hier bist. Denn es wäre dumm, ein Geburtstagsfest zu feiern, und dann fangen die Tschetniks zu schießen an und machen Dir alles kaputt. Es wäre schön, jetzt irgendwo am Meer zu sein, Wein zu trinken und Käse und Kuchen zu essen. Weißt Du, dieser Tag ist in gewissem Sinn seltsam.

Der Himmel ist blau, und es ist genauso, als hätten die Sommerferien begonnen, aber wir sind nicht zur Schule gegangen, und jetzt können wir nur vor dem Haus spielen, und an der Ecke lugen die Bärte der Tschetniks hervor.

Das wäre alles. Ich habe Dich seit langem nicht mehr gehört (2 Tage). Ich weiß nichts mit mir anzufangen. Ich habe Lust auf ein Bier, und in Sarajewo gibt es kein Bier. Mein Wunsch bleibt unerfüllt und der Durst ungestillt.

Aber ich muß den Brief beenden. Sei glücklich, lebe lange, ich hoffe, daß Du heute glücklich bist, ich liebe Dich, ruf mich an und entschuldige, aber meine Gedanken sind etwas durcheinander. Schönen Geburtstag

Deine Lada

Sarajewo, 3. Juli 1992

Liebe Pasa,
ich kann Dir gar nicht sagen, wie sehr ich mich über Deinen Brief gefreut habe und wieviel er mir bedeutet hat. Ich dachte, Du hättest mich bereits vergessen, aber Dein Brief hat mir zu verstehen gegeben, daß es nicht wahr ist. Ich bitte Dich als erstes, Stana anzurufen und ihr zu sagen, daß es uns allen gutgeht. Sag ihr, daß sie meinen angebeteten Armin hunderttausendmal von mir küssen soll und ihm erzählen, daß seine Tante ihn mehr als alles andere auf der Welt liebt und immer an ihn denkt. Ich bin froh, daß jetzt Deine Eltern und auch Boris bei Dir sind, denn es ist besser, wenn ihr alle zusammen seid. Ich würde alles geben, könnte ich nur Armin und Stana sehen. Ich kann Dir nicht beschreiben, wie sehr sie mir fehlen. Es tut mir leid, daß Eure Hunde Ajs und Nera hiergeblieben sind, denn auch sie gehören zu Euch. Sicher hat Dir Deine Mutter erzählt, wie ich mich nach Deiner Abfahrt gefühlt habe.

Jetzt geht es mir viel besser, trotzdem ich zweimal beinahe durch Granaten ums Leben gekommen wäre. Unser Viertel hat sich so verändert, und unser Leben ist so anders. Ich könnte Dir stundenlang darüber schreiben. Normalerweise vergehen die Tage immer auf die gleiche Art und Weise: der Versuch, morgens etwas herauszugehen, dann Mittagessen, gekochte Makkaroni oder Reis (sogar Dir würde es gelingen abzunehmen, wenn Du hier wärest).

Ich stricke etwas und gegen abend setze ich mich bis neun Uhr ins Café. Dann nach Hause ins Bett. Kannst Du Stana sagen, daß ich nicht aus der Stadt herauskann. Alija hat eine militärische Verpflichtung, und ich kann ihn nicht allein lassen. Du kannst auch Aco sagen, daß es mir sehr leid tut um seinen Vater. Ich hatte ihn so gern. Er weinte auf der Terrasse, als wir aus Grbavica gejagt wurden. Ich werde es nie vergessen. Er ist auf den Balkon hinausgetreten, winkte mir zu und begann zu weinen. Du kannst Dir nicht vorstellen, wie sehr ich in diesem Augenblick litt. Ich konnte mit keinem Eurer Freunde Kontakt aufnehmen, aber ich werde es weiterhin probieren, und in meinem nächsten Brief werde ich Dir schreiben, ob es mir gelungen ist. Ich weiß nicht, was ich Dir noch sagen soll. Ich werde versuchen, Dich mit dem Satellitentelefon anzurufen. Es wird schwierig sein.

Grüße mir alle. Ich bleibe in dieser verdammten Stadt, in der Hoffnung – wie Du mir sagst –, daß Gott auch für mich existiert und es das Schicksal gibt, daß wir beide uns noch sehen.

Eure Juka

Sarajewo, 31. Juli 1992

Ich bin es wieder.

Dem Datum nach zu schließen, bin ich faul gewesen und habe Dir seit langem nicht mehr geschrieben. Aber das ist nur Illusion. Baby, ich weiß nicht, was in meinem Kopf vorgeht, ich bin nicht fähig zu schreiben. Ich kann zwar schreiben, aber ich weiß nicht, worüber. Alles, was seit meinem letzten Brief passiert ist, wiederholt sich. Jeden Tag das gleiche. Alle Tage sind so ähnlich, daß ich nicht weiß, welcher Tag heute ist. Hier in Sarajewo kann man sich nicht mehr an der Zeit, die vergeht, orientieren. Hier herrscht eine andere Zeit. Eine seltsame und entfernte Zeit, an die Du Dich gewöhnen mußt, wenn Du nicht verrückt werden willst.

Ich ›halte‹ mich noch. Ich mache weiter, lasse mich nicht von Schwermut hinreißen. Die Tage sind schrecklich lang, aber die Monate vergehen wie im Fluge. Man bemerkt sie nicht einmal. Jetzt wird der August kommen, und es wird andere Schwierigkeiten geben. Im Grunde sind wir ein kleines Land auf dem Balkan, in dem sich ein verdammt blutiger Krieg vollzieht. (Wahrscheinlich kannst Du Dir die Schweinereien, die hier passieren, gar nicht vorstellen. Auch ich konnte es nicht, bis ich sie gesehen habe, und ich hätte sie nie sehen wollen!) Europa und Amerika schert dieser blutige Krieg einen Dreck. Alles bleibt ein leeres Versprechen, und von den Hilfen, von denen die Rede war, ist nichts zu sehen. Vielleicht kannst Du all das nicht verstehen, aber hier werden einige wirklich dreckige Spiele gespielt, bei denen unser Leben wertlos ist. All das ist eine riesengroße Scheiße!

Weißt Du, viele Leute hier hoffen noch auf die Hilfe der ›Großen‹, aber in Wirklichkeit ist wohl nichts damit. Die Leute machen sich was vor, um alles etwas leichter ertragen zu können, aber das sind doch alles Märchen. Weißt Du, Baby, es müßte ein Wunder geschehen, damit wir gewinnen. Ich fühle mich, als lebte ich in einem Schlachthaus, und hoffe, daß ein Wunder mich vor dem bösen, grausamen Schlachter retten könnte.

Manchmal packt mich die Ironie, und ich sage schwachsinnige Dinge. Inzwischen ist mein Bruder in Mojmilo an der vordersten Front.

Auch mein Verlobter ist in Buko an der Front ganz vorne, dort, wo der jüdische Friedhof ist. Die beiden kämpfen für unsere Vaterstadt. Im Augenblick bin ich im Viertel Alipasino Polje, auch Phase C genannt. Ich mußte zu anderen Leuten ziehen, aus Gründen der mentalen Gesundheit. Das ist eine lange Geschichte, aber auch dies ein Beweis, wie Dich die Scheiße treffen kann. Mama und Papa sind nach Mojmilo zurückgekehrt. Man schießt immer mehr, und Mama und Papa rennen jeden Tag über die große Wiese zwischen Mojmilo und Phase C, in der Hoffnung, Glück zu haben und zu überleben. Vor einigen Tagen sind genau dort zwei Menschen getötet worden. Wenn solche Dinge geschehen, jammern die Leute drei Stunden, dann geht alles den gleichen Gang wie vorher, als ob nichts passiert wäre. Das ist tatsächlich die einzige Art zu überleben. Ich weiß, es scheint lächerlich und absurd, sich der Gefahr auszusetzen, um nicht zu sterben, aber so ist das. Denn auch das ist eine Art zu kämpfen. Weißt du, Baby, die Tschetniks ärgern sich trotzdem, Leute zu sehen, die in die Stadtmitte zum Arbeiten gehen, während sie die Stadt belagern. Ich glaube, das macht sie verrückt. Jeden Tag passieren in der Stadt einige Schweinereien. Leute werden umgebracht. Alle zehn Tage passiert eine Sauerei, wie die von Vase Miskin-Straße, wenn auch in geringerem Ausmaß. Man zeigt es nicht mehr im Fernsehen (auch sie können nicht überallhin), aber man hört es im Radio, als ob es normal wäre: »Heute ist in Titova eine Granate eingeschlagen (oder zwei oder drei – das ist nicht von Wichtigkeit), 15 Personen sind ums Leben gekommen, 8 sind verletzt worden« etc. Alles scheint abscheulich, aber man gewöhnt sich daran.

Mir dreht sich bei all dem trotzdem noch der Magen um, und somit höre ich keine Nachrichten. Es reicht mir, das zu sehen, was ich mit meinen eigenen Augen sehe. Dennoch glaube ich, daß dies zuviel ist. Aber ich kann meine Augen nicht verschließen. Bei all diesen Dingen muß man resignieren. Zum Teufel mit allem! Der Krieg ist zu unserem Alltag geworden, der Krieg ist unser tägliches Ereignis, unser Leben.

So habe ich in diesen Monaten viele Dinge über das Leben gelernt. Aber das ist eine andere Geschichte. Vielleicht habe ich nur gelernt, die Dinge hinzunehmen, wie sie sind, ohne großes Wenn und Aber. Ich weiß es nicht. Ich bin größer und ernster geworden, aber (es scheint lächerlich, ich weiß) ich kann immer noch ganz gut kacken...

Hier weitere Nachrichten (einige mit Verspätung), die ich vergessen habe, Dir zu erzählen, als wir noch miteinander sprechen konnten:

Mirko hat bei der Schlacht um Dobrinja eine Ladung Schrot abbekommen. Das ist eine wirklich alte Nachricht, und ich glaube, daß er sich seitdem erholt hat. Übrigens verursachen ja Schrotkugeln nicht einmal eine richtige Verletzung. Papa ist anscheinend am Bein verletzt. Auch das ist eine alte Nachricht. Jetzt die neueren: Mira und Amir geht es gut. Ich habe sie vor ein paar Tagen gesehen. Sima Glavosevic ist bei der Schlacht um Dobrinja durch einen Splitter im Gesicht verletzt worden. Jetzt geht es ihm wieder gut. Ich habe Mladen gesehen: Er ist in den Reihen der HVO.

Manchmal gehe ich in die Innenstadt (das bedeutet, daß ich eine Abenteuerin geblieben bin, ha, ha!). Es ist wirklich interessant dort. Die Straßen sind voll von Plakaten: »Achtung Heckenschützen!« – an jeder Kreuzung, die vom Trebevic-Gebirge aus einzusehen ist. Zum Beispiel die in der Straße, wo die Diskothek ›B. B.‹ ist.

Wenn Du also auf diesen Straßen gehst, bist Du auf alles gefaßt. Du fängst an zu laufen, wirst schneller und betest zu Gott, daß Dich der Schütze dort oben nicht erwischt. Es ist sehr interessant. Dann komme ich heim und höre die Leute stundenlang reden: »... in der Titostraße ist eine Granate eingeschlagen, oder vor den Großen Kaufhallen«, und dann beginne ich zu überlegen: »Wo war ich um diese Uhrzeit?« – und das jedesmal. Daraus besteht mein Leben. Aber man lebt in der Hoffnung zu überleben. Das Schlimmste ist, auf den Winter zu warten. Wenn wir nicht vor Hunger und an den Krankheiten sterben, werden wir vor Kälte sterben! Pfui!

Und schon ist kein Platz mehr auf dem Papier, und deshalb seist Du gegrüßt.

Höre Dir den Song ›Die Dritte Welt‹ von der Musikgruppe ›Haustor‹ an. Versuch es anzuhören, als wäre es das erste Mal ohne nostalgische Erinnerungen. Die Nostalgie stört die Gedanken, und du könntest dich an einige Supertage erinnern, aber zum Teufel... mit allem! Alles Käse. Höre Dir das Album an, und Du wirst hier sein. Vor allem den Teil ›Die Zwerge im Garten‹.

Eine weitere Nachricht: Srecko ist hier. Wir sehen uns jeden Tag. Samir Causevic lebt seit zwei Monaten im Grbavica-Viertel, und dort funktionieren die Telefone nicht. Ich weiß nicht, ob er noch lebt. Es passieren schreckliche Dinge dort. Ich hoffe, er ist o. k. Ich erzähle einen Blödsinn, denn dort unten kann er mit Sicherheit nicht o. k. sein. Aber ich hoffe, er lebt wenigstens. Die Tiere im Zoo verhungern. Der Tiger und der Panther sind krepiert, weil ihre Käfige zu weit weg waren. Narren! Vor einigen Tagen hat uns CNN einen Film über den Zoo gezeigt. Die Informationsagentur der ›Serbischen Republik‹ hat mitgeteilt, daß die Männer von Izetbegovic die serbischen Kinder den Löwen im Zoo zum Fraß vorgeworfen haben. Zum Teufel mit ihnen! Ich hoffe, daß sie krepieren wie diese armen Raubtiere, denen sie nichts zum Fressen geben.

Heute ist der 31. Juli, und auf unsere Stadt wird wild geschossen. Wer weiß, welcher Granaten wegen mich die Sirenen, die die allgemeine Gefahr ankündigen, aus dem Schlaf gerissen haben. Jetzt schießen sie, wie man im Fernsehen sagt, »mit allen ihnen zur Verfügung stehenden Mitteln«. Wir gehen nicht mehr in den Keller. Zum Teufel mit den Kellerräumen. Das Leben ist so! Sie haben wegen der ›Fünften Kolonne‹ alle Telefonanschlüsse abgestellt. Ich kann nicht mehr mit den

Leuten aus Dobrinja und Mojmilo sprechen, nicht einmal mit denen im gegenüberliegenden Gebäude.

Amar ist beim Zivilschutz und zieht die Leichen aus dem Miljacka-Fluß (zum totlachen).

Ich denke an Dich, was machst du?

Deine Lada

Wien, August 1992

An meine Freunde aus Belgrad:

Ich habe fast vier Monate in Sarajewo ausgehalten. Jetzt werde ich gefragt, wie ich das habe ertragen können.

Und das ist die Geschichte:

1) »Sei um acht Uhr morgens dort. Ein Autobus kommt vorbei und nimmt dich mit.« Ich ging nicht einmal aus dem Keller heraus, denn der Sonnenaufgang war schon blutig und schmutzig vom Rauch der Bomben. Es war der 2. Mai 1992. An jenem Morgen hatte Sarajewo aufgehört, Stadt zu sein.

2) »Du kannst zum Flughafen mitkommen. Aber du mußt eine Stunde eher da sein.« Das konnte ich nicht; niemand besaß den Mut, die zwei tödlichen Kilometer im Auto zurückzulegen.

3) »Zivilisten dürfen nicht in das Panzerfahrzeug. In dem Kleinbus ist noch ein Platz frei.« Also habe ich ihn dem Maler Mersad Berber überlassen.

4) »Jetzt sind Plätze in drei Panzerfahrzeugen frei.« So hatte ich Gelegenheit, mich mit dem jungen französischen Minister Bernard Koushner zu unterhalten.

Der Flughafen von Butmir ist in eine Militärbasis verwandelt worden. Furchterregend die Öffnung im Rumpf der Herkules, aus der bei laufenden Motoren Lebensmittel und Medizin entladen werden. Wir starten.

Während all dieser Zeit, jedem einzelnen dieser 155 Tage, nur ein einziger Gedanke: ›Lieber sterben als verstümmelt werden. Wenn ich getroffen werde, dann lieber gleich den Tod.‹

Als ich meine Wache am Hauseingang hielt, flog heulend eine Granate drei Meter an mir vorbei... ohne zu explodieren. Sofort danach schlug ein Geschoß hinter meinem rechten Ohr in die Mauer ein. Heute morgen ist auf unserem Platz ein Junge, Rade Koncar, schwer verletzt worden. Ein anderer Jugendlicher rannte hinter ihm her, um ihn zu retten, und fiel im Lauf tödlich getroffen zu Boden. Sie nahmen uns unter Feuer wie Schießbudenfiguren auf der Kirmes.

Auch die Rettungswagenfahrer sind auf ihrem Weg zum Krankenhaus gestorben. Zwei sind vor einer zerstörten Ampel zum Stehen gekommen, ihre Köpfe hingen aus den Fenstern. Ob das auch in den Nachrichten im Fernsehen gezeigt wird? Unsere Kameraleute sind wirkliche Helden; sogar Fremde sagen, daß das hier viel schlimmer ist als in Vietnam.

Nachts beobachtete ich, wie die heulenden und funkensprühenden Granaten sämtliche Omnibusse, Straßenbahnen und Autobusse der städtischen Verkehrsbetriebe zerstörten. Dann wurden die Molkerei, die Geburtsklinik und die ›Vijecnica‹, unsere herrliche, große Bibliothek, unter Beschuß genommen. Hunderttausend Bände sind dem Feuer zum Opfer gefallen. Zum Schluß war die Bäckerei an der Reihe.

Die Stadt lag in Schutt und Asche. Erst stockte die Wasserversorgung, später blieb das Wasser ganz weg. Anschließend fiel der Strom ganz aus, so daß wir Berge von tiefgefrorenem Fleisch wegwerfen mußten. Somit waren die ersten Nahrungsmittelreserven verloren.

Ein halbes Kilo Speck hat mich noch einmal gerettet. Da kein anderer es tun wollte, habe ich mich als Vorsteher der Hausgemeinschaft und Verteiler angeboten. Jeder Einzelwohnung stand ein halbes Kilo Speck zu, doch die Muslime lehnten ihren Anteil ab, so auch mein Wohnungsnachbar, der gehört hatte, es sei Öl in unserem Viertel angekommen.

Für mich sind der Speck und ein Stück Brot geblieben, das ich in kleine Würfel schnitt, so daß ich länger etwas davon hatte.

Von einem Moment auf den anderen standen wir ohne Wein, Spirituosen und Zigaretten da. Mein Nachbar hat mir eine Flasche Grappa geschenkt, die ich allein, im Dunkeln, ausgetrunken habe – ohne davon betrunken zu werden. Im Viertel Dobrinja in der Nähe des Flughafens pafft der Komponist Esad Arnautalic, der früher tagtäglich hundert Zigaretten in Rauch aufgehen ließ, jetzt seinen Tee. Professor Muhamed Filipovic hat, als das noch möglich war, zusammen mit einigen Freunden ein Kalb gekauft. Dafür mußten sie in deutscher Währung bezahlen, aber dann wußten sie nicht, was sie mit ihm anfangen sollten, da keiner wußte, wie man es schlachtet.

Der Bürgermeister ruft mich zu sich und bittet mich, etwas zu schreiben, was man in einer Zeitung veröffentlichen kann. Ich werde von einem jungen Kamikaze-Piloten abgeholt, er lenkt den Wagen mit Vollgas zwischen brennenden Autos und gespenstischen, zerstörten Gebäuden hindurch. Den Park, durch den ›früher‹ keine Autos fahren durften, durchquerten wir mit Schallgeschwindigkeit.

Seit Anfang Mai hat sich keine Menschenseele mehr in der Obalastraße blicken lassen. Das Gras wächst über die Straßenbahngleise. In dieser Straße verlor eine meiner besten Freundinnen, die Architektin Vesna Bugarski, das Leben.

Dieses wunderbare zehnstöckige Gebäude, Sitz der Zeitung ›Oslobodjenje‹*, wurde bombardiert und ist bis auf die Fundamente niedergebrannt. Doch schon zuvor war die Stimmung bei einem guten Teil der Journalisten tief in den Keller gerutscht.

Der meiner Meinung nach beste Maler Sarajewos, Ibrahim Ljubovic, mußte sich rennend aus seinem zerstörten Atelier retten und von ungefähr zwanzig Bildern, die er jahrelang um keinen Preis verkaufen wollte, auf immer Abschied nehmen. Der Bildhauer Alija Kucukalic verlor sein Leben auf der Schwelle seiner Haustür, der Schauspieler Nermin Tulic beide Beine. Mein Wohnungsnachbar, der Maler Afan Ramic, malt weiterhin in aller Ruhe: »Es ist unwahrscheinlich, daß sie mich treffen«, sagt er, »ich bin viel zu klein.«

Die Traurigkeit ist schlimmer als der Hunger, und der Haß, der auf uns niederregnet, eine ständig zunehmende Bedrohung. Mein alter Freund, der mich in der Tür erwartet, meint: »Mann, komm nicht mehr hierher. Es ist zu gefährlich.«

Schon seit dem ersten Tag sind alle Geschäfte und Kioske zerstört und geplündert.

Die Bücher und alten Zeitungen waren auf den Regalen der Buchhandlungen zurückgeblieben; angesichts des nahenden Winters sind auch sie verschwunden. Jetzt werden sie

* Anm. d. Übers.: Bedeutende Tageszeitung in Sarajewo

zum Anheizen verwendet. Kneipiers und Cafébesitzer, die sich um Berge von unbrauchbarem Geld bereichert hatten, haben den Schwarzmarkt mittlerweile aufgegeben, weil es einfacher ist, mit Gewehren und Revolvern Profit zu machen.

Siba Krvavac, Regisseur des Films ›Walter verteidigt Sarajewo‹, ist in seinem Bett gestorben. Auch Professor Stojan Tomic ist tot. Sein Sohn brachte ihn allein auf den Friedhof. Nachdem er das Grab ausgehoben hatte, mußte er vor einem Kugelhagel fliehen, bevor er es wieder mit Erde bedecken konnte. Für die Gräber unserer Toten gibt es inzwischen nicht einmal mehr Platz in den Parks. Jetzt beginnt man, das Stadion in Kosevo zu füllen.

Und trotzdem lebt meine Stadt weiter.

Jetzt bin ich in Wien. Gestern rief mich der Choreograph Slavko Pervan aus Bol, auf der Insel Brac, an. Er will mir eine Kopie der berühmten ›Hair‹-Inszenierung schicken, die er mit nur fünf Schauspielern in Sarajewo auf die Bühne gebracht hat.

Hier in Wien kann ich mich immer noch nicht wieder in der Nähe von Fenstern hinsetzen. Die Stille ohne das Heulen der Granaten und ohne das Echo der Explosionen ist mir unangenehm.

Dzavid Husic

Sarajewo, 7. August 1992

19.15 Uhr
Hey Baby,
hier bin ich wieder! Ich bin wieder ›draußen‹ gewesen!

Ich dachte, mich an solche Sachen gewöhnt zu haben, doch offensichtlich ist es doch nicht so. Jetzt bin ich absolut *depressiv*... depressiver geht es gar nicht mehr. Richtige Sarajewo-Depris. Ich sitze also hier in der Wohnung meines ›Mannes‹ in Borko, fünfhundert Meter von den Tschetniks entfernt. Er und Miro sind Abendessen beim Kommando, und ich sitze hier, hör' ›October 1864‹ und starre in die Leere ringsherum. Ich bin heute zu Fuß im Stadtzentrum gewesen; ehrlich, es war total schwierig für mich. Es ist einfach grauenhaft, mit der Panik zu leben (weißt Du noch, ›Die Pest‹ von Camus?).

Heute bin ich auf der Straße in eine frische Blutlache von jemandem getreten. Gott hat mich gerettet, als ich durch Zufall Amar getroffen und angehalten habe, um mich ein bißchen mit ihm zu unterhalten. Auf der Stelle, an der ich sonst vorbeigekommen wäre, ist eine ›kleine‹ Granate runtergekommen.

Ich habe heute eine wahnsinnige Angst!

Jetzt gerade sind Mario und Miro hereingekommen. Die erzählen wirklich kompletten Schwachsinn! Miro sagt, ich soll Dir schreiben, daß er drei Tschetniks umgelegt hat, und Mario auch.

Ein wirklich guter – und wahrer – Witz: Heute, als Mario mit der Wache an der Reihe war, ist ein Tschetnik bis zur Kurve herangekommen und hat angefangen zu schreien: »Es lebe der König!«

Echt super!

Deine Lada

<u>Sarajewo, 27. August 1992</u>

Lieber Freund,
hier sitze ich also mit Deiner Mutter, und wir reden über ziemlich viele Sachen. Wir wissen, daß es Dir dort, wo Du bist, gutgeht. Ich weiß, daß Du spielst, schwimmst, ißt, in der Sonne liegst... Hier fallen jede Minute Granaten, und die

Kugeln fliegen von überallher herein. Du magst zwar nicht glauben, was ich Dir erzähle, aber es ist tatsächlich wahr. Neulich gab es einen Kindergesangswettbewerb, wo bekannte Hits gesungen wurden. Ich habe mich auch gemeldet, und jeder von uns hat drei Lieder gesungen. Ich habe gesungen ›Nimm die Fahne, Vikici‹, ›Juka‹ und ›Da wo die Menschen sich von Haß ernähren‹. Sie haben mich zum besten Sänger unserer Straße gewählt. Ich bin jeden Tag zur Probe gegangen. Dann haben sie gesagt, daß das Festival am nächsten Tag stattfinden würde. Das Festival fing an. Ich habe als sechster gesungen; Dein Vater saß in der Jury. Als mich die Moderatorin aufgerufen hat, bin ich auf die Bühne rausgegangen und habe zu singen angefangen. Beim Singen hat mich Dragan Cicovic, der Klavierspieler, reingerissen. Ich habe mich also versungen, aber ich habe ein Lied zu Ende gesungen. Danach haben sie mich aufgerufen und gesagt, daß ich Zweiter wäre. Ich hab' Geschenke bekommen. So ist das Festival also richtig gut zu Ende gegangen. Vor ein paar Tagen war ich im Stadtzentrum, hab' mir Ohrlöcher machen lassen und einen Ohrring drangemacht, der die Form von Lilien, unserem Wahrzeichen, hat. Nun sage ich Dir etwas, was Dich sicherlich wundern wird: Ich habe vor einigen Tagen eine ORANGE gegessen!

Und nach all diesen Sachen weiß ich nicht mehr, was ich Dir schreiben soll, außer von unseren Freunden aus der Schule, von denen Du bestimmt gern etwas wissen willst. Ich habe Nedim gesehen, er ist hier und ist am Bein, am Kopf und am ganzen Körper verwundet worden. Aber jetzt geht es ihm wieder gut. Vlado ist ein ›Tschetnik‹. Belma ist in Alipasino. Samir ist am Meer. Delo, paß auf Dich auf, mir geht es gut, schreib mir, dann schreibe ich Dir zurück.

Leb wohl!
Dein Haris

Sarajewo, 31. August 1992

Liebe Kinder,
gestern gab es wieder Strom, zum ersten Mal nach einem Monat und einem Tag.

Ihr werdet Euch fragen, wie wir es hier ausgehalten haben. Ich weiß es selbst nicht. Ich weiß nur, daß Mia und ich gestern nacht aufgestanden sind, eine Lampe angeknipst haben, und – o Wunder! – wir konnten sie alle anschalten, in einem Zimmer nach dem anderen! Wasser ist allerdings noch nicht wieder da. Auch im Stadtzentrum gibt es seit acht Tagen keines mehr. Nur an den Hügeln fließt etwas aus einigen Quellen. Wir hoffen sehr, daß mit dem Strom auch das Wasser kommen wird, denn es heißt, daß dann auch die Pumpen wieder funktionieren werden. Dieser Brief wird von einem der ›Glückspilze‹, die von hier weg dürfen, aus Sarajewo herausgebracht.

Papa hat mir heute früh gesagt, ich solle die Elektrizität ausnutzen, bevor sie von neuem fehlt. Ich verstehe ihn wirklich nicht: als ob Elektrizität Wasser wäre, mit dem man eine Badewanne auffüllen kann!

Gestern kam Maja freudestrahlend vorbei; auch bei ihnen ist der Strom – zwei Tage eher als bei uns – wiedergekommen, so daß sie jetzt zum Kochen kein Feuer mehr auf dem Balkon machen müssen.

Die Tage vergehen. Sie rasen so schnell vorbei, daß wir oft vergessen, was für einen Wochentag wir haben. Was für ein Datum wir gerade schreiben, wissen wir überhaupt nicht mehr. Zum Glück, könnte man sagen, denn wenn wir an den nahenden Winter denken, überkommt uns mächtige Angst: Womit sollen wir nur heizen?

Abdo hat schon eine Heizung ›reserviert‹, und der andere Nachbar, Mesud, hat sich die alte Heizung aus dem Haus seiner Mutter zu sich nach Hause geholt. Wir erleben eine seltsame Rückkehr in die Kindheit.

Als ich ihn fragte, womit er denn das Feuer in der Heizung machen wolle, antwortete Mesud: »Ich habe die Kleiderschränke bei uns gezählt, und es sind ziemlich viele, alle aus massiver Eiche. Mit jedem einzelnen kann man mindestens zwei Tage lang heizen.«

Das ist nur einer der Auswüchse dieses Krieges, die mir anfangs wie unüberwindliche Schwierigkeiten erschienen. Inzwischen habe ich mich daran gewöhnt.

Als ich am Montag nach Hause zurückkam, nachdem ich es geschafft hatte, mit Kenan zu telefonieren, erzählte ich Mia davon, und sie meinte: »Mein Gott, wer weiß, wie viel wir uns zu erzählen haben, wenn wir uns endlich wiedersehen können!«

Und ich habe gedacht: »Tja, aber werden wir uns tatsächlich wiedersehen?«

Mein größter Wunsch ist nur, so schnell wie möglich ALLES ZU VERGESSEN, sobald der Krieg vorbei ist.

In diesen fünf Monaten sind einfach zu viele furchtbare Dinge passiert, Dinge die weder erzählt werden können noch sollten. Denn sonst werden sie uns bis in den Tod hinein verfolgen. Darum versuchen wir momentan einzig und allein die Kraft zu finden, bis zum Ende dieses Alptraums durchzuhalten.

Wir haben uns alle ein bißchen verändert. Mia strahlt buchstäblich darüber, daß es wieder Strom gibt, und hofft auf Wasser aus der Leitung, damit sie nicht weiterhin Kanister tragen muß.

Einer hilft dem anderen, wir unterstützen uns gegenseitig.

Papa hat gestern das Buch, von dem ich Euch in dem anderen Brief berichtet hatte, zu Ende geschrieben. Nun müssen Mia und ich es auf der Schreibmaschine abtippen, aber wir machen uns Sorgen: Was soll er danach machen?

Mia erträgt alles fabelhaft. Wenn die Traurigkeit sie überkommt, fangen wir an, von Euch zu reden, aber dann brechen wir ab, da wir sonst womöglich noch viel deprimierter werden.

Auch die Erinnerungen an Mailand, die Einzelheiten, die Beschreibungen, alles ist tabu! Wir denken nur daran, daß wir dem, was um uns herum geschieht, widerstehen müssen, und daß wir eines Tages das Meer bei Makarska wiedersehen werden, das für uns zum Symbol geworden ist.

Ein Symbol für den Frieden, weil dort keine Bomben fallen, ein Symbol der Freiheit, denn dort kannst du deine Wohnung verlassen und dir sicher sein, daß du lebend zurückkehrst, und schließlich, aber erst ganz zuletzt, ein Symbol für Nahrung.

Für Mia bedeutet das auch, aufs neue in ihrem Bett schlafen zu können, denn sie kann es nicht mehr ertragen, in dem von Pervan so getauften ›Korridor der Freiheit‹ zu übernachten.

Überhaupt bewirkt diese Gefangenschaft zwischen vier Wänden, daß viele Dinge völlig irreale Eigenschaften annehmen.

Ein Freund von Papa meinte vor ein paar Tagen: »Wenn ich so wie ihr von der früheren Schönheit Sarajewos in dieses Inferno abgestürzt wäre, dann würde ich jeden Morgen erst fünfmal meinen Kopf gegen die Wand schlagen.«

Nun, wir schlagen nicht die Köpfe gegen die Wand, sondern ganz im Gegenteil, wir schlagen uns durch!

Es heißt, daß im September Pässe ausgegeben werden sollen. Wir werden versuchen, welche zu bekommen. Darf man jetzt davon träumen, daß die vielgerühmten ›Korridore‹ geöffnet werden, daß man das Auto nehmen und zum Meer fahren kann? Wäre das wirklich zuviel verlangt? Vorige Woche bin ich mit Marijin Dbor zum Polizeiquartier gerast, um die neuen Kennzeichen und den neuen Führerschein abzuholen. Das Ganze hat uns ziemlich aufgeheitert, da es etwas Neues symbolisiert: SA-570312. Papa hat sogar versprochen, diesmal die Autonummer auswendig zu lernen!!

Freunde und Familie sind gesund und am Leben. Ich bin sogar heute mit Nebojsa bis zum Fernsehen gekommen.

Onkel Ahmo und Tante Fata geht es gut. Ich glaube, Du könntest es Dir nicht vorstellen: Ahmo, der immer so elegant war, trägt jetzt Kanister zu Asikobac und sagt, daß »das total viel Spaß macht«. Vedad geht es nicht gut, aber er will nicht, daß Selma in Frankfurt davon erfährt. Sie haben bei ihm Nierensteine gefunden, aber dafür hat heutzutage in den Krankenhäusern, wo jeden Tag Dutzende von Verletzten eingeliefert werden, kein Arzt Zeit. Er erduldet alles heldenhaft, und ich verstehe endlich, warum Ihr ihn immer derart gern gemocht habt. Sein Bruder Jasmin ist in einer sehr ernsten Lage, denn jetzt, wo der Winter vor der Tür steht, weiß er nicht, was er mit seinen Kindern tun soll. Er sucht nach Möglichkeiten, sie nach Amerika zu schicken. Mit gesundem Menschenverstand betrachtet, ist das eigentlich eine gute Lösung, aber ich persönlich finde sie nicht gut. Letztendlich werden die Eltern das tun, was sie für richtig halten. In der Redaktion meiner Zeitung kommen so viele Leute zusammen, daß das Schreiben unmöglich geworden ist. Aber die Momente, in denen alle dort sind, scheinen mir die einzigen zu sein, in denen Normalität ins Leben zurückkehrt.

Ihr fehlt uns so sehr, aber vielleicht sollte man so etwas lieber gar nicht erst schreiben!

Es gibt noch so viele Fragen, vor allem würden wir gern etwas über unser geliebtes Enkelchen erfahren.

Sanja, wenn die Telefone wieder in Ordnung sind, kannst Du von ihm erzählen, das wäre wirklich fantastisch!

›CIVAK SE‹. Paßt auf Euch auf! Wie immer muß ich bei unserem Abschiedsgruß an meinen kleinen Zlatan denken, der, als er die Treppe hinunterging, noch rief: »Ich passe auf, Großmütterchen!«

Wir haben Euch so lieb!
Eure Nadja, Mia und Sefik

Sarajewo, 1. September 1992

Liebes Kleines,
endlich habe ich eine Möglichkeit gefunden, Dir zu schreiben, und erfreulicherweise habe ich trotz aller Schwierigkeiten in Erfahrung gebracht, daß es Dir gutgeht. Nuno hat mir Bescheid gesagt, er hatte die Nachricht über Aina aus Mailand bekommen. Ich versuche immer, Euch Nachrichten nach Rimini über Radio zu übermitteln. Diesen Brief schreibe ich Dir in aller Eile, denn ich muß die Nachrichtensendung fürs Radio vorbereiten. Es ist 14.30 Uhr, 1. September, und ich bin im Atombunker. Ein spanischer Journalist hat mir versprochen, den Brief mit heraus zu nehmen, und Aina wird ihn Dir dann zukommen lassen.

Mir geht es gut, aber seitdem Du mir am Telefon gesagt hast, daß Du das Viertel nicht mehr oft verläßt, habe ich eine schreckliche Angst. Ich bin nur einmal aus dem Haus gegangen, um zum Präsidium zu gehen und mit Dir per Satellit zu telefonieren, aber das Telefon funktionierte nicht.

Ich arbeite regelmäßig, mache Tag- und Nachtschichten, und bin deshalb kaum zu Hause. Der Großmutter geht es gut, wir hören öfter per Telefon voneinander. Sie ist allein in ihrer Wohnung. Ich verbringe viel Zeit zusammen mit den Kravics und Prajlovics, und wir reden oft von Dir.

Für die Alten und die Kinder gilt absolutes Ausgehverbot. Zur Arbeit fahre ich mit dem Auto, aber mach Dir bitte keine Sorgen, denn ich habe da einen Trick: Ich denke immer an Dich, besonders im Bunker. Ich bin mir sicher, daß es kein Fehler gewesen ist, Dich nach Italien zu schicken. Ich hoffe, daß Du ab und zu einmal anrufen kannst.

Belgrad hat unsere gesamten Verbindungen zur Außenwelt abgeschnitten.

Zur Zeit wird um die Befreiung Sarajewos gekämpft, und heute ist der entscheidende Tag. Einige Teile der Stadt sind schon befreit: Nedjarici und Ilidjza nur zum Teil, die anderen vollständig. Bereits seit einem Monat haben wir weder Wasser noch Elektrizität, doch irgendwie leben wir weiter.

Ich bekomme die Pakete mit den Lunch-Tabletts von Radio Sarajewo und ernähre mich davon.

Mach Dir keine Sorgen, Liebstes, Du bist nicht Dir selbst überlassen. Ich hoffe, daß Du sehr bald wieder hierher zurückkehren kannst, aber es wird besser sein, wenn Du den Winter in Italien verbringst, denn hier gibt es weder Heizmaterial noch Nahrungsmittel.

In den letzten Brief habe ich Dir italienische Lire gelegt, die mir Boki gegeben hat, und sobald die Post wieder durchkommt, schicke ich Dir noch mehr.

Die ausländischen Reporter sind ständig unterwegs, und ich werde versuchen, etwas über sie zu arrangieren.

Ich schreibe Dir diesen Brief in Eile, weil ich ihn abgeben muß, und ich schaffe es nicht, Dir all das zu sagen, was ich Dir sagen wollte; gestern hatte ich Dir einen sechsseitigen Brief geschrieben. Bleib schön vernünftig, Liebes, paß gut auf Dich auf und versuche, diese neue Realität anzunehmen. Hier ist – zumindest noch für einige Zeit – alles sehr schwierig. Doch wenn ich es schon schaffe, das alles ohne Dich zu überstehen, dann schaffe ich auch alles andere. Du mußt einfach darauf hoffen, Kleines, daß alles wieder in Ordnung kommt. Es tut mir so leid, daß ich Dir vor der Abfahrt nichts Besseres anziehen konnte, doch ich hoffe, daß sie Dir dort ein paar Wintersachen geben. Demnächst soll Euch eine Delegation der Botschaft, in Begleitung von italienischen Berichterstattern, besuchen kommen. Sie wollen eine Reportage über Euch Kinder machen, und wir können Euch dann sehen...

ICH SCHREIBE JETZT IN GROSSBUCHSTABEN WEITER, WEIL MEINE SCHREIBMASCHINE KEINE KLEINEN MEHR SCHREIBT.

HIER BLEIBEN DIE SCHULEN GESCHLOSSEN; ICH HOFFE, DASS DU DORT ZUR SCHULE GEHEN UND ITALIENISCH LERNEN KANNST. VERNACHLÄSSIGE DAS

ENGLISCHE NICHT, ES KÖNNTE DIR EINES TAGES SEHR VIEL NÜTZEN. ICH BIN GERADE DABEI, MÖGLICHKEITEN ZU SUCHEN, DICH NACH AMERIKA ZU BRINGEN. DIE LEUTE SAGEN, DAS SEI GAR NICHT SO SCHWIERIG.

SEI MIR NICHT BÖSE, LIEBES, DASS MEIN BRIEF SO UNORDENTLICH GESCHRIEBEN IST. ICH HABE IHN MIT UNTERBRECHUNGEN GESCHRIEBEN.

ICH LERNE GERADE ITALIENISCH, ICH HABE ES GESCHAFFT, MIR EIN BUCH UND EINE KASSETTE ZU BESORGEN, UND WENN WIR UNS WIEDERSEHEN, DANN KÖNNEN WIR UNS AUF ITALIENISCH UNTERHALTEN. ICH MUSS JETZT AUFHÖREN, SCHATZ, WEIL ICH DEN BRIEF WEGBRINGEN MUSS.

ICH HABE DICH SEHR, SEHR LIEB, ICH UMARME DICH UND STERBE FAST VOR SEHNSUCHT, DICH ZU SEHEN.

MAMA
KÜSSCHEN KÜSSCHEN KÜSSCHEN

PS: GRÜSS FRAU ADELA VON MIR UND SAGE IHR, DASS ICH IHREN MANN GETROFFEN HABE, UND DASS ES IHM GUTGEHT.

Sarajewo, 1. September 1992

Liebstes Kindchen Deiner Tante,
es ist nun schon drei sehr lange Monate her, daß wir uns zum letzten Mal gesehen haben, deshalb hoffe ich wirklich sehr, daß Du Dich etwas über diesen Brief freuen kannst. Wir sind mit unseren Gedanken immer bei Dir, und wir sind froh, daß Du sicher und gut untergebracht bist. Liebe Nincek, ich weiß, daß es sehr schwer für Dich ist, von uns getrennt zu sein,

aber die Zeit geht schnell vorbei, und jeder neue Tag rückt die Hoffnung ein Stück näher, uns bald wiedersehen zu können. Ich bin wirklich unbeschreiblich glücklich darüber, daß Du die Möglichkeit gehabt hast, Dich vor diesen Schrecken des Krieges zu retten, in die wir alle ungewollt hineingeraten sind. Wir alle zahlen den Preis für eine verantwortungslose Politik; doch wenn es Dir schlecht geht und Du Dich nach Deiner Familie und Deinen Freunden sehnst, dann denke einfach daran, was für ein Glück es ist, in Sicherheit zu sein. Daß Du lernen, ruhig schlafen und ein normales Leben leben kannst. Abertausende von Kindern hier in Sarajewo gehen mit dem Dröhnen der Explosionen zu Bett, sie haben keine Zeit zu spielen und lachen von Tag zu Tag weniger.

Deshalb: Wenn Du traurig bist, geh zu Deinen Freunden, versucht, Euch untereinander zu trösten, und denkt immer daran, daß keine Notlage bis in alle Ewigkeit dauert.

Wir freuen uns, daß Du zur Schule gehen kannst, daß Du fremde Sprachen lernst, und Onkel Mirza ist besonders froh, daß Du zeichnest und so Dein zeichnerisches Talent entwikkelst. Wenn Du wieder hier bist, kannst Du uns Italienisch beibringen; Masa, Zenja und ich werden Deine Schüler sein.

Schreib uns etwas über Dich, weil uns das am allermeisten interessiert. Wie verbringst Du Deine Freizeit, Deine Zeit in der Schule? Schildere uns Deine Eindrücke von dem Ort, wo Du bist, und von den Kindern, die Du triffst. Erinnerst Du Dich noch, wie die Tante Dich genannt hat, als Du noch ganz klein warst? Du warst das Schätzchen der Tante, mein kleines Küken, das immer etwas zu sagen hatte. Jetzt wirst Du gerade ein junges Mädchen und schaust schon ab und zu den Jungen hinterher. Ich weiß nicht, ob Du daran gedacht hast, doch Du könntest anfangen, Deine Gedanken in Dein Tagebuch zu schreiben und all das, was Dir wichtig erscheint, beschreiben. Wenn Du nämlich alles nur dem Gedächtnis überläßt, vergißt Du eventuell sehr viele Dinge. Jetzt schreibe ich Dir etwas von uns: Mama und Papa geht es gut. Sie leben wie alle Leute hier in Sarajewo. Sie sind damit beschäftigt, Lebensmittel zu organisieren und Brennholz, weil Strom und oft auch Wasser fehlen.

Manchmal kommt Großvater bei mir vorbei, ihm geht es gut, aber er hat sehr abgenommen...

Olja ist ein hübscher Junge geworden, und Zenja wächst ganz fantastisch, er ist schon größer als ich. Sie bleiben fast immer zu Hause, da wenige Freunde hiergeblieben sind. Sie verbringen ihre Zeit mit dem Lesen von Büchern. Masa strickt und versucht, die Kleinen zu unterhalten. Sie liest ihnen Geschichten und Gedichte vor. Die Schulen sind nicht mehr in Betrieb, und so versuchen wir mit allen möglichen Methoden, dem Leben unter diesen Bedingungen einen Sinn zu geben. Die Telefonleitungen sind schon zerstört; es ist uns nie gelungen, Dich anzurufen. Ein einziges Mal haben wir eine Verbindung mit dem Heim bekommen, in dem du wohnst, aber während sie Dich noch suchten, wurde die Leitung unterbrochen; sicher kannst Du Dir vorstellen, wie enttäuschend das war. Freilich werden wir es weiter versuchen.

So, liebe Ninna, das war es für heute, alle haben Dich gern und denken an Dich. Tausend Küsse schickt Dir Deine

Tante Jasna

Sarajewo, 4. September 1992

Meine liebe Ivana, mein lieber Mirza!
Ich kann es kaum glauben: Deine unglaublich schöne Handschrift jetzt und hier in meinen Händen! Ich habe Deinen Brief mindestens tausendmal gelesen. Die Berührung mit etwas derartig Frischem, mit der Wärme des Meeres, ist ein Privileg, das zur Zeit nur wenige Menschen in Sarajewo genießen können.

Ich versuche, mir Euch beide vorzustellen. »Ivana, die

Mutter, mit ihrem fabelhaft aussehenden Söhnchen, das die gesamte Insel im Sturm erobert hat«, wiederhole ich die Worte Deines Mannes. Die Beschreibung ist so schön und wird mit jedem neuen Tag schöner, weil ich sie in Gedanken immer wieder erneuere. Mein einziges Foto von Mirza stammt noch aus der Zeit, als er ein ganz kleines Fröschlein in seiner roten Badewanne war. Nun ist er wohl ein kleiner Junge im blauen Meer!

Deine Ängste und Dein Erschrecken vor den Bildern im Fernsehen kann ich nur zu gut verstehen. Hier ist es wirklich entsetzlich, es ist, als ob sich die Pforten der Hölle mit einem Schlag genau vor uns aufgetan hätten.

Ich frage mich oft, woher die Männer hier die Kraft und den Willen nehmen, um weiterzumachen, zu fühlen und zu denken wie normale menschliche Wesen.

Es ist unwirklich und unerklärlich zugleich!

Vom gesunden Menschenverstand zu reden ist ziemlich schwierig, denn die hier gültigen Wertmaßstäbe haben sich in letzter Zeit stark verändert.

Vanja, mein Herz, Du kannst Dir nicht vorstellen, wie froh ich bin, daß Ihr beide weit weg von hier seid. Mein größter Wunsch ist, daß kein Ding, kein Mensch und kein Wort Dein seelisches Gleichgewicht gefährden.

Wenn Du Dich bemühst, positiv zu denken, wird es auch funktionieren!

Dragan geht es gut, und alle in meiner Familie – Vesna, Alma und Sonja – sind wohlauf. Wir hören per Telefon voneinander. Alma und ich schaffen es sogar, uns des öfteren zu treffen.

Wir haben Dich so lieb! Ich wünsche Dir einen glücklichen 1. Oktober, 14. November und ein frohes neues Jahr.

Deine Asja

PS: Neven und Sanja haben eine Tochter bekommen.

Sarajewo, 12. September 1992

Meine liebe Ivana,
Deine letzte Nachricht und auch alle anderen Neuigkeiten von Dir und unserem Kleinen machen mich so glücklich (falls man das Wort Glück zur Zeit in Sarajewo überhaupt verwenden kann), daß ich es kaum beschreiben kann. Ich wußte es gar nicht, wußte nicht, daß meine Zuneigung zu Euch so stark ist, daß es außer Euch in meinem Leben gar nichts anderes Wichtiges gibt! Der Rest ist völlig unbedeutsam...

Ich lebe und kämpfe für Euch. Ich habe es geschafft, nach Dobrinja durchzukommen. Ich habe mir unsere Wohnung dort angesehen. Sie hat keine Granatentreffer abbekommen, sondern nur Flakeinschläge, und sieht gar nicht mal so schlimm verwüstet aus. Unser Nachbar Fikret paßt darauf auf und hält alles in Ordnung. Ich habe nur eine Sache aus der Wohnung mitgenommen: Das Album mit den Fotos von Euch beiden. Ich sehe sie mir ständig an und denke sehr viel an Euch!

Mach Dir keine Sorgen um mich, ich passe sehr gut auf. Ab und zu treffe ich Deinen Bruder Zarko. Er ist in einem der Fakultätsgebäude stationiert, im Korps der leichten Flak-Artillerie, also muß er nicht an die Front. Du brauchst Dir keine Sorgen zu machen, es ist nicht gefährlich, sie bereiten sich nur vor, um für den Fall eines Fliegerangriffs gerüstet zu sein.

Wenn wir erst wieder zusammen sind, dann wird Euch niemand auseinanderbringen können.

Ich liebe Dich, ich liebe Dich, ich liebe Dich
Dein Zlatan

15. September 1992

Lieber Bruder,
ich kann mir denken, daß Dich mein Brief überrascht. Wie oft habe ich versucht, Dir zu schreiben! Jetzt habe ich erfahren, daß man Sendungen durch die Caritas oder die UN-Schutztruppen schicken kann, darum schicke ich Dir diesen Brief hier in der Hoffnung, daß er bei Dir ankommt.

Momentan geht es uns gut.

Die Lage hier ist furchtbar, und wir hoffen, daß wir überleben. Zu Essen gibt es nicht viel, und selbst den ganzen Sommer über haben wir kein Obst und kein Gemüse zu Gesicht bekommen. Jetzt merkt man schon, wie der Herbst näher kommt, und wie das mit der Kälte werden soll, weiß ich nicht, denn wir haben keine Glasscheiben mehr in den Fenstern. Die sind alle bei den Granateinschlägen kaputtgegangen und können jetzt nicht repariert werden. Unsere einzige Hoffnung ist, daß der Krieg bald aufhört und alles wieder normal wird. Paß auf Dich auf.

Deine Schwester Seka

Jasmin, lieber Vetter!
Heute macht uns Mama Reistorte. Und Reisbällchen! Wir haben eine ganze Menge Rezepte gefunden und werden Dir reichlich Rezepte geben, wenn – so Gott will – das hier alles vorbei ist.

Das Gebäck kann man auch ohne Eier und Butter hinkriegen. Du solltest mal sehen, was wir alles mit der Eurocrem und den Hilfslieferungen zaubern!

Also, macht Euch keine Sorgen um uns. Ich denk' viel an Dich.

Deine Kusine Zhera

Sarajewo, 17. September 1992

Meine lieben Kinder,
zuallererst möchte ich Euch schreiben, wie sehr Euch Eure Mama lieb hat, und daß sie jeden Tag und in jeder einzelnen Minute an Euch denkt...

Omar, ich bitte Dich, die Geduld zu haben und zu warten, bis dieser Krieg zu Ende ist. Sicher siehst Du die Berichte über Sarajewo im Fernsehen und weißt vielleicht, wie es hier aussieht. Auch wenn Ihr mir wirklich sehr fehlt, so bin ich doch sehr froh darüber, daß Ihr nicht mehr hier seid. Für Kinder ist es hier einfach schlimm.

Jeden Tag werden wir mit Granaten beschossen, und die Kinder sind fast den ganzen Tag in Kellern oder in den Wohnungen eingesperrt.

Versuch mal, Dir vorzustellen, wie es wäre, wenn draußen die Sonne scheint und Du nicht aus dem Keller rauskannst... Die Schulen sind geschlossen, und viele Kinder sind, genau wie Du, aus der Stadt weggegangen. Ich glaube, daß alle Deine Klassenkameraden und sogar die Lehrer schon aus Sarajewo geflohen sind.

Aber Ihr werdet alle wieder in Euer Sarajewo zurückkehren, wenn dieser Krieg zu Ende ist, denn irgendwann muß er ja einmal aufhören! Wir brauchen nur Geduld.

Deine Schule ist nicht mehr in Betrieb, sondern ist von Soldaten besetzt. Nach dem Krieg wird sie wieder eine Schule sein. In Sarajewo sind so viele Dinge zertrümmert und zerstört, aber danach werden wir alles wieder reparieren.

All dies schreibe ich Dir, damit Du verstehen kannst, daß es Havar mit der Großmutter und dem kleinen Bruder und Dir so einfach besser geht. Du kannst im Meer schwimmen gehen, den ganzen Tag an der frischen Luft sein und vielleicht sogar zur Schule gehen!

Falls Du wieder zur Schule gehen solltest, dann mach Dir um die Noten keine Sorgen: Ob Zwei, Drei oder Fünf, keiner wird sich über Dich aufregen! Lerne einfach so viel, wie Du es für nötig und richtig hältst. Jetzt im Krieg ist das Wichtigste, am Leben zu bleiben; über das Nachholen des Schulunterrichts denken wir dann später mal nach.

Mit Gottes Hilfe werde ich Dich, wenn Du erst einmal größer bist, auf ein englisches Internat schicken. Sag mal Oma, daß sie Dir erklären soll, was das ist.

Ich bin sehr stolz darauf, zwei hübsche und intelligente Kinder zu haben, vor allem Dich, weil ich weiß, daß Du Deiner Oma sehr viel hilfst und sie unterstützt.

Du mußt ihr helfen und Dich auch um den kleinen Sanjin kümmern, Einkäufe und Besorgungen erledigen, das Haus in Ordnung halten und Dich immer waschen.

Hilf Ivana mit dem kleinen Mirza. Du bist jetzt zehn und groß genug für solche Sachen.

Jetzt erzähle ich Dir einmal, wie ich hier lebe: Papa und die Oma Mulija sind in unserer Wohnung in Dobrinja geblieben. Mach Dir keine Sorgen um Papa, es geht ihm gut und der Oma auch.

Opa, Onkel Edi und Koja wohnen jetzt in einer Wohnung neben Omas Büro.

Nach Grbavica kommen wir nicht mehr durch, doch ich hoffe, daß wir bald in unsere eigene Wohnung zurückkönnen.

Ich gehe jeden Tag arbeiten, und das ist auch der Hauptgrund, aus dem ich nicht mit Euch kommen konnte. Jeder leidet in diesem Krieg: Der eine verliert die Wohnung, der andere wird verletzt, andere werden verhaftet oder, wie wir, getrennt. Das ist hart für Euch und auch für uns, doch es gibt hier viele Menschen, die noch viel mehr ertragen müssen als wir. Gott sei Dank leben wir noch alle und sind gesund, und das ist das Allerwichtigste.

Aus der Stadt kommt man nicht mehr heraus, aber auch nicht mehr herein, wir sind völlig eingekesselt. Sobald man wieder herauskommen kann, werden Opa, Hana, Orhan und Vedran zu Euch kommen. Wenn die Mama von der Arbeit wegkann, kommt auch sie Euch besuchen. Ich kann Euch aber nicht mit Sicherheit sagen, wann das sein wird. Für den Augenblick müssen wir alle Geduld haben und versuchen, uns klug zu verhalten und unseren Verstand zu bewahren, damit wir nach dem Krieg wieder ein normales Leben führen können.

Es ist eine riesige Erleichterung für mich zu wissen, daß Ihr in Sicherheit seid. Mit Lebensmitteln ist es hier sehr schwierig: Es gibt schon ein kleines bißchen, aber immer dasselbe, Reis und Nudeln. Obst, Gemüse, Milch, Eier und Butter sind nicht da. Die Erwachsenen halten das etwas leichter aus, aber für die Kinder ist es nicht so einfach. Alle Kinder aus der Stadt werden versuchen, vor Einbruch des Winters wegzukommen.

Oma hat mir erzählt, daß Du mir einen Brief geschrieben hast, aber ich habe ihn noch nicht bekommen. Ich wünschte mir, Du hättest ein Tagebuch oder so etwas ähnliches, so daß ich es dann später lesen könnte.

Ich möchte so gern wissen, wie Du Dich fühlst, worüber Du nachdenkst und was Du in dieser Zeit machst, in der ich Dich nicht sehen kann.

Schreib das einmal irgendwo auf, in ein Heft, so daß Du es nicht verlierst, und wir lesen es dann zusammen, wenn wir uns sehen. Ich möchte auch gern wissen, ob der kleine Sanjin gewachsen ist, welche Wörter er jetzt sagen kann, ob Ihr beide Euch gut vertragt und der Oma gehorcht.

Sie ist jetzt Euer ein und alles, Ihr müßt freundlich zu ihr sein und auf sie hören. Ich denke, daß sie sich viele Sorgen um uns macht und, daß es anstrengend für sie ist, sich um Sanjin zu kümmern. Sei Du ihr eine Hilfe.

Ich möchte Dich um etwas bitten: Gib jeden Morgen beim Aufstehen beiden, Sanjin und der Oma, einen Kuß und sag ihnen: »Das ist von Mama Aida.« Das ist bestimmt nicht schwierig für Dich, und für mich ist es sehr wichtig.

Ich bitte Dich auch, Sanjin von Mama zu erzählen, damit er mich nicht vergißt. Du bist schon groß, und ich weiß, daß Du mich nicht vergessen wirst, aber er ist klein, und ich habe riesige Angst, daß er sich nicht mehr erinnern könnte. Erzähl ihm von unserer Wohnung, vom Spielzeug, von den Spaziergängen, von unseren Spielen, von allem, was vor dem Krieg da war, und von allem, was wir danach zusammen machen werden.

Eure Mama hat Euch so lieb,
wie Ihr Euch es kaum vorstellen könnt!

HERBST
1992

In meinen Träumen geh' ich zwischen Trümmern
im alten Teil der Stadt
auf der Suche nach einem Stück altem Brot.
Meine Mutter und ich atmen den Rauch
von Schießpulver und stellen uns vor,
es sei Duft von Kuchen und Kebab.
Wir rennen, auch wenn es schon neun Uhr abends ist;
vielleicht laufen wir »unserer eigenen« Granate
entgegen.
Dann das Dröhnen einer Explosion
in der Straße der Ehre;
viele Menschen sind verletzt –
Schwestern, Brüder, Mütter und Väter.
Ich nähere mich und berühre eine verletzte Hand,
ich berühre den Tod.
Erschreckt wird mir bewußt, daß es kein Traum ist,
sondern nur ein weiterer Tag in Sarajewo.

Edina, 12 Jahre
(Sarajewo, November 1992)

Herbst 1992

30. September 1992
General Philippe Morillon trifft in Sarajewo ein. Der Generalsekretär der Vereinten Nationen, Boutros-Ghali, fordert vom Sicherheitsrat die Verstärkung der UN-Schutztruppen in Bosnien-Herzegowina auf ›das Vier- bis Fünffache‹, damit die Hilfskonvois für Sarajewo und die anderen belagerten Städte eskortiert werden können.

Oktober 1992
Erste Zusammenstöße zwischen kroatischen Milizen und der bosnischen Armee.

31. Oktober 1992
Die Völkergemeinschaft kündigt die Einrichtung eines ›Internationalen Gerichtshofs für Kriegsverbrechen‹ im ehemaligen Jugoslawien an.

4. November 1992
In Sarajewos Zoo stirbt auch das letzte Tier, ein Schwarzbär.

November 1992
Die UNICEF gibt bekannt, daß seit Kriegsausbruch bis zum 10. November 128126 Menschen, davon 12818 Kinder, im Krieg in Bosnien-Herzegowina ums Leben gekommen sind. Unter den 132170 Verletzten befanden sich 33042 Kinder.

7. bis 13. Dezember 1992
Marsch von 500 italienischen Pazifisten nach Sarajewo.

Sarajewo, Oktober 1992

Liebe Tochter, Schwester, liebes Enkelkind!
Nun ist es schon zwei Monate her, daß wir uns das letzte Mal gesehen haben, und es werden wahrscheinlich nochmal vier werden, aber sei nicht traurig. Es ist besser für Dich, weit weg zu sein. Auch für uns ist es besser zu wissen, daß es Dir gutgeht, daß Du gute Freunde hast, Italienisch lernst und zur Schule gehst. Wir wissen auch, daß Du gutes Essen bekommst und man Dir Kleidung gegeben hat. Hier in Sarajewo hättest Du nichts von alledem gehabt. Die Lage ist schwierig, es wird ständig geschossen, überall fallen Granaten, aber es geht uns gut.

Es gibt einige Menschen, die wir sehr liebhaben und die jetzt nicht mehr unter den Lebenden sind: Ahmo, der Sohn von Tante Esna, ist tot, Vedad und Mirza sind verletzt. Sie liegen beide im Krankenhaus und sind auf dem Weg der Besserung. Auch Vanja ist von den Granaten getötet worden, so daß Tante Fata und Onkel Mirko jetzt völlig verzweifelt sind. Auch die kleine Amela, die Nichte von Avdo Islamovic aus unserem Hochhaus, lebt nicht mehr. Außerdem hat Selma, Edinas Kusine, ihr Leben gelassen. Wir sind immer noch hier im Viertel von Alipasino Polje, und es geht uns relativ gut. Es stimmt schon, daß die Ernährung sehr eintönig ist: nur Makkaroni und Reis, manchmal Bohnen. Mama ist eine richtige Hausfrau geworden und erfindet ständig neue Rezepte mit Reis. Papa geht jeden Tag zur Arbeit und bringt etwas mit nach Hause. Es gibt bei uns schon seit über einem Monat keinen Strom mehr. Papa kann das Brot aber bei der Arbeit bakken. Ab fünf Uhr nachmittags ist es dunkel, was tatsächlich sehr schlimm ist. Seit zehn Tagen gibt es kein Wasser mehr, und wir müssen jeden Tag zwei oder drei Stunden Schlange stehen, um ein bißchen abzubekommen. Mama kocht auf dem Gemeinschaftsherd im achten Stock. Wir haben ein kleines Öfchen auf den Balkon gestellt, die uns im Winter wärmen kann, falls es keinen Strom gibt. Deswegen sammeln wir jetzt Brennholz, Holzhacken ist in Sarajewo sozusagen zum Volkssport geworden. Wie ich Dir schon gesagt habe, kocht Mama den ganzen Tag lang, Papa arbeitet, und so vergeht Tag um Tag. Großvater langweilt sich und verbringt den ganzen Tag liegend und lesend.

Ich besuche abends Freunde. Tagsüber weiß ich nichts mit mir anzufangen, wir spielen Karten und schlagen damit wenigstens die Zeit irgendwie tot.

Oft gehen wir zu Tante Alma Enver. Vanja und Sasa gehen nie nach draußen, auch sie langweilen sich. Eine Granate ist genau auf ihrem Auto niedergegangen und hat es völlig zerstört.

Wir gehen auch oft zu Bahra und Momo, sie fragen jedesmal nach Dir.

Mit den anderen Verwandten spricht Papa von der Arbeit aus per Telefon, unser Telefon ist nämlich kaputt. Abgesehen davon funktionieren die Telefone nur innerhalb von Sarajewo, das heißt, Dich könnten wir gar nicht anrufen.

Vor einem Monat hat Ermin es geschafft, aus Grbavica herauszukommen, und hat uns erzählt, wie die Dinge dort stehen. In unserer Wohnung haben sich ein paar Tschetniks eingenistet. Das Auto ist von einer Granate getroffen worden, es ist nichts mehr davon übrig. Nach Grbavica kann man nicht mehr hinein, all unsere Sachen sind dort zurückgeblieben. Vor allem wegen der Fotos und der Videokassetten sind wir sehr traurig. Die anderen Sachen kann man ja irgendwann wieder neu kaufen.

Ich weiß nicht, ob Du uns Briefe schicken kannst. Wenn es machbar ist, dann sei bitte nicht faul und schreib uns. Was treibst und tust du? Hast Du neue Freunde gefunden? Wie geht es Dir? Kannst Du schon Italienisch? Hast Du einen italienischen Verehrer? Vergiß nicht die *All-Star*-Tennisschuhe, Größe 44 (das war jetzt ein Witz), und schreib uns!

Grüße an alle Deine Freunde und Freundinnen, besonders

an Vedra und Nevena und Tante Lila. Sei brav, lerne viele neue Sachen, und wenn dieser scheußliche Krieg endlich zu Ende sein wird und Du wieder zu uns kommst, kannst Du uns ja alles in Ruhe erzählen!

Wir lieben und küssen Dich!
Deine Familie:
Dein Papa *Zoran*
Dein Großvater *Nijaz*
Deine Mama *Emira*
Dein Bruder *Orhan*

Wie Du siehst, haben wir alle eigenhändig unterschrieben, damit Du weißt, daß wir noch alle am Leben sind.

Sarajewo, 10. Oktober 1992

Liebe Lehrerin!
Heute sind eine Frau und zwei Männer von der UNICEF hiergewesen und haben mich besucht. Sie wollten sehen, unter welchen Bedingungen ich hier lebe. Sie haben mir ziemlich viele Fragen gestellt, und schließlich haben sie mich gefragt, ob ich nicht jemandem schreiben wolle und wenn, dann wem. Ich sagte ihnen, daß ich meiner Lehrerin schreiben wolle. Dann sagten sie, ich solle den Brief schreiben, und sie würden ihn überbringen.

Wie geht es Dir und Eurer Familie? Mir, und auch meinen Eltern und Großeltern, geht es gut.

Wir kommen gerade aus dem Keller, eine Granate ist in der Nähe unseres Hauses eingeschlagen. Im Keller lerne ich oder schreibe, wiederhole Mathematikstoff oder lese. Ich habe gelernt, auch in Latein zu schreiben. Ich kann es kaum erwarten, daß dieser verdammte Krieg aufhört und ich in meine geliebte Schule zurückkehren und Dich und meine Freunde, nach denen ich mich so sehne, wiedersehen kann.

Mein Vater hat mir erzählt, daß er Dich einmal gesehen hat, und ich war sehr traurig und habe geweint, weil Du uns nicht besucht hast. Komm mich doch bitte besuchen, wenn Du mal in der Nähe unserer Wohnung vorbeikommst.

Ich hab' Dich lieb.
Deine Aida

PS: Viele Grüße von meinen Eltern!

Sarajewo, 10. Oktober 1992

Liebe Schwester,
seit gestern sind wir in Hochstimmung, denn Euer Lebensmittelpaket aus Frankreich ist hier angekommen; vor lauter Freude darüber konnten wir die ganze Nacht kein Auge zutun. Wir konnten wirklich an nichts anderes mehr denken. Seit Kriegsbeginn haben wir nicht mehr so viel Eßbares auf einmal gesehen, also werden wir versuchen, es in kleine Rationen einzuteilen, so daß wir den ganzen Winter etwas davon haben. Wir denken andauernd an Euch und stellen uns vor, wie schön es wäre, wenn es warm wäre und wir aufs neue alle zusammen sein könnten.

Manchmal können wir im Fernsehen Bilder vom aufgeblähten und vollgefressenen Rest der Welt empfangen, und es erscheint uns so absurd, daß die Leute dort ihr Leben leben und sich einen Teufel darum scheren, ob wir hier in Bosnien sterben wie die Fliegen. Aber mach Dir mal keine Sorgen um uns, irgendwie wird unser Volk es schon schaffen. Genaugenommen hat der Hunger auch seine guten Seiten: Wir haben abgenommen – jeder 15 bis 20 Kilo – und können so schneller vor den Kugeln und Bomben wegrennen.

Wir leben von einer Stunde zur nächsten und versuchen, den Fallen zu entgehen; umsonst warten wir darauf, daß der Himmel sich wieder aufhellt und die Vögel wieder fliegen. Denn dann könnten wir endlich ins Freie, könnten spazierengehen und unsere Freunde treffen. In gewissem Sinne sind wir auch arrogant geworden, stolz darauf, uns an dieses unmenschliche Leben gewöhnt zu haben. Vielleicht ist es genau das, was uns die Kraft zum Weitermachen gibt.

Wir werden es schon schaffen, auch wenn die Stadt nach und nach vom Erdboden verschwindet, auch wenn die Jugend unseres Volkes, verwundet oder sterbend, die Krankenhäuser füllt.

Ich hoffe darauf, daß dieser Krieg zu Ende geht, daß die Welt merken wird, daß dies ein absoluter Irrsinn ist, und daß es so nicht weitergehen kann. Jetzt steht uns der Winter bevor. Glücklicherweise hat er dieses Jahr Verspätung: es ist immer noch mild.

Du wirst schon sehen, irgend etwas wird noch vor dem Winter geschehen. Wir haben wirklich genug gelitten.

In Liebe
Deine Schwester Sela

Sarajewo, 10. Oktober 1992

Mein Liebling,
jedesmal, wenn ich mich hinsetze, um Dir zu schreiben, möchte ich am liebsten anfangen zu schreien. Ich schreibe und weiß trotzdem nie, ob Du auch nur einen einzigen meiner Briefe erhältst. Heute ist Sonntag; es regnet und ist sehr kalt, ein ganzer Monat ohne Wasser und ohne Elektrizität. Die Kravics sind aufgeregt und besorgt, denn sie haben erfahren, daß sie morgen eventuell die Stadt verlassen können.

Es ist allerdings nicht sicher, genauso wie damals, als Du mit den Blauhelmen losfahren solltest. Wenn sie es schaffen, wird Neda Dich anrufen, sobald sie in Abazia angekommen sind. Vielleicht kommt sie Dich auch besuchen.

Zwischen den Eltern, deren Kinder – wie Du – durch die Stadtverwaltung von Mailand untergebracht wurden, gibt es einen ständigen Nachrichtenaustausch. Wir sprechen oft über Euch. Wir sind alle verwundert, daß Eure Begleiterin Adela noch nicht telefonisch von sich hat hören lassen, und bitten Dich, ihr mitzuteilen, daß sie sich möglichst bald melden soll.

Ein Kollege von der Zeitung ›Slobodna Dalmacija‹ hat mir das Interview geschickt, das eine italienische Zeitung mit Djelo und Dir gemacht hat. Nuno Arnautalci und ich haben beim Lesen geweint.

Es hat uns ein Journalist besucht, der sagte, er könne via Satellit eine Telefonverbindung zu Dir herstellen. Das wird sehr teuer sein, also sprich schnell und erzähl mir kurz, wie es Dir in Italien geht, wenn ich anrufe.

In Sarajewo funktionieren die Telefone auch, das heißt, daß ich mich mit meinen Freundinnen unterhalten kann. Vor ein paar Tagen habe ich von Bija erfahren, daß ihre Schwester Raza umgekommen ist.

Auch Ajla wartet darauf, aus Sarajewo herauszukommen, doch bisher ist es ihr nicht gelungen, einen Platz im Konvoi zu erhalten. Es ist äußerst schwierig: Du weißt gar nicht, was für ein Glück Du gehabt hast, hier herauszukönnen.

Die Leute hier sind verzweifelt, da sie noch nicht einmal imstande sind, die kleinen Kinder von hier wegzuschicken, um so mehr als die Lage – mit all dem Hunger und der Kälte – nicht schlimmer sein könnte. Ich beiße mich schon irgendwie durch, wobei alles leichter zu ertragen ist, weil ich weiß, daß Du etwas zu Essen hast.

Goran geht es besser, doch werden wohl lebenslange Folgen zurückbleiben.

Desa hat das Paket noch nicht bekommen, obschon die Zustellung zu funktionieren scheint; sie verbringt den ganzen Tag im Krankenhaus, bereitet die Mahlzeiten für Goran zu (im Krankenhaus gibt es nichts zu Essen) und verbringt deswegen auch oft die Nacht dort. Sie hat auch eine Strickweste für Dich gemacht und mich gefragt, was für Knöpfe sie aufsetzen soll. Für mich hatte das schon etwas Tragikomisches.

Ich sehe Dich in meinen Träumen, oft unklar, worauf ich dann meist weinend aufwache. Du fehlst mir wirklich sehr, dauernd versuche ich herauszufinden, wie ich aus Sarajewo herauskommen könnte. Bitte lerne auch neben dem Italienischen weiter Englisch, denn Du hast ja gesehen, wie wichtig Fremdsprachen heutzutage sind. Das Thema Schule hat sich hier bei uns ganz erledigt; die Kinder bleiben zu Hause und können nicht nach draußen, da immer mehr geschossen wird.

Ich habe zwar zehn Kilo abgenommen, bin aber immer noch eine der Bestgenährten.

Aber all das wird ohnehin eines Tages zu Ende sein.

Bis dahin mußt Du allerdings schön tapfer sein und bei allem, was Du tust, auch gut überlegen. Gib die Selbstbeherrschung nicht auf, auch wenn es Dir lästig fallen sollte, und versuche, aus jeder neuen Situation etwas zu lernen. Wie Du in Deinem Interview gesagt hast, mußt Du, wie alle Kinder in einer solchen Lage, stark sein. Du bist doch mein kleines kluges Mädchen, nicht wahr?

Ich hoffe, daß Du mit Deinem Vater hast sprechen können, und wenn Du etwas von ihm hörst, dann sag ihm, er soll mir beim nächsten Mal alles von Dir erzählen. Sag ihm, er möchte seine Mutter anrufen und ihr mit dem Roten Kreuz ein Paket schicken. Mit meinem Gehalt kann ich drei Päckchen Zigaretten im Monat kaufen, wohingegen die anderen Leute nur eins bezahlen können. Meine Unterstützung erhalte ich schon seit Monaten nicht mehr. Schließe Freundschaft mit anderen Kindern, und beklage Dich nicht, wenn Dir manchmal etwas nicht gefällt. Ich war sehr traurig, als Du mir am Telefon sagtest, ich könne mir nicht vorstellen, wie schlecht es Dir geht. Ich weiß, daß es dort – so ganz allein – auch nicht einfach für Dich ist, doch glaube ich, daß Du Dich nicht mehr daran erinnerst, wie das Leben hier ist. Sei vernünftig und denke daran, daß das Leben das Wichtigste ist, was wir haben.

Ich habe Dich sehr lieb und kann es nicht erwarten, Dich wiederzusehen.

Deine Mama

Sarajewo, 12. Oktober 1992

Lieber Jasmin,
man hat uns gesagt, daß wir Dir möglicherweise endlich einen Brief zukommen lassen können. Wir haben schon mehrere geschrieben, doch nie eine Antwort erhalten.

Gestern haben wir von Papa gehört; er hat uns ausgerichtet, daß er demnächst aus Banja Luka fliehen kann und zu Dir nach Rovinj kommt, um bei Dir zu sein. Es ist für uns eine Erleichterung zu wissen, daß Ihr zusammensein werdet.

Wir wollten Dir mitteilen, daß wir zur Zeit alle gesund und am Leben sind. Wir möchten Dich auch fragen, ob Du uns nicht ein Lebensmittelpaket schicken kannst, denn die Lage hier spitzt sich immer weiter zu, und wir wissen nicht, wie wir durchhalten sollen.

Im Augenblick gibt es weder Wasser noch Strom oder Gas. Wir gehen einfach zum Hauseingang und zünden mit unserem wenigen Brennholz ein Feuer an, wie die Zigeuner.

Mach Dir aber keine Sorgen um uns. Auch der Krieg hört irgendwann auf, und alles wird besser werden.

Wir alle lieben Dich sehr.

Seka, Jasna, Mama, Sanja, Maja und Anka

Sarajewo, 14. Oktober 1992

An einem Sonnentag um 12 Uhr:
Meine lieben Töchter, meine kleinen Schmusekatzen, zuerst will ich Euch sofort sagen, wie sehr Ihr mir fehlt und wie glücklich ich bin, daß Ihr beide zusammenseid. Ich bin mir auch sicher, daß nach und nach alles besser werden wird.

Mama hat Euch schon geschrieben, was wir beide denken, und zwar

1. zu dem PAKET, das Ihr schicken wollt: Das kommt gar nicht in Frage, weil beim Versenden alles gestohlen wird.

2. zu dem ZWERGPUDEL, den Ihr in Italien kaufen wolltet: Das kommt auch nicht in Frage, denn Bessy bekommt bald Junge! Ich will Euch kurz schildern, wie es hier ist, seitdem Du, Boki, fort bist. Von April bis August hat sich die Lage wesentlich verschlechtert; aus meinen paar Zeilen kannst Du sicherlich entnehmen, wie gut es ist, daß Du nicht mehr hier bist.

Mama und ich gehen um acht Uhr abends ins Bett, und da es keinen Strom gibt, müssen wir – ob wir wollen oder nicht – versuchen einzuschlafen. Es funktioniert also kein Licht, kein Fernsehen, kein Radio und kein Plattenspieler. Die Elektrizität fehlt jetzt schon seit dreißig Tagen. Wir behelfen uns mit Öllaternen. Das Öl ist übrigens äußerst teuer.

Jeder deckt sich mit drei Decken zu, und dann bleiben wir mit halbgeschlossenen Augen wie Geistesgestörte liegen.

Da wir um acht zu Bett gehen, stehen wir auch um sechs Uhr morgens auf. Ich ziehe mich schnell so an, als wolle ich schon nach draußen gehen, und lege mich dann wieder eine Stunde ins Bett. Dann stehe ich wieder auf – im Dunkeln, denn draußen ist es kalt und es regnet – und gehe ins

Bad, in dem es kein Wasser gibt, um mir ein bißchen die Augen naß zu machen.

Ich rasiere mich nur zweimal pro Woche. Das Wasser ist fürchterlich kalt, da es ohne Strom nicht warm wird, und auch ein bißchen schmutzig, weil es Regenwasser ist. Als ob es nicht reichte, bei dieser Art von ›Wäsche‹ fast völlig zu erfrieren, muß ich dann auch noch auf der Toilette Pipi oder groß machen, doch es gibt auch kein Toilettenpapier, und wenn ich all das – zudem noch im Dunkeln – machen muß, dann ist mir einfach zum Heulen zumute.

Ein Glück, daß wir wenigstens keine Grippe oder ähnliches bekommen! Danach gehe ich in die Küche, trinke einen eiskalten Tee und mache mich zu Fuß auf den Weg, um 25 Liter Wasser zu besorgen; das ist weit weg, unten, wo die Seilbahn Richtung ›Trebevic‹ abfährt. Unterwegs komme ich am Markt vorbei, wo man nur noch alte Hemden, alte Schuhe, Feuerzeuge und eine Art Pflaumenmarmelade bekommt. Natürlich nur, wenn man deutsches Geld hat, versteht sich!

Und dann die Schlange beim Brotkauf! Vor allen Dingen weiß man nie, ob Brot dasein wird oder nicht. Die Schlange ist 50 bis 70 Meter lang, und die für Wasser bis zu 100 Meter, und es wird sogar darauf geschossen.

Nun gut, auch das hält man durch, und gegen zehn komme ich nach Hause zurück, wo Mama dann schon den Kaffee auf Gas gekocht hat. Gas ist Gott sei Dank noch da, aber bald wird es zu Ende gehen, und ich weiß nicht, was wir danach machen sollen. Für uns ist die Kaffeezeit der schönste Moment des Tages, weil wir von Euch reden und davon, was für ein Glück es ist, daß Ihr das alles hier nicht durchmachen müßt. Und wir fühlen, daß Ihr, obschon weit entfernt, immer noch ein Teil von uns seid.

Mit den paar Litern Wasser müssen wir mehrere Tage auskommen. Schon müde, gehe ich dann später vor das Haus, um Brennholz zu hacken. Ich habe fast schon alle Bäume um unser Haus herum gefällt; wir brauchen sie, um Mittag- und

Abendessen zu kochen. Wir machen das Holz mit Rizo und den Jokigs klein und versuchen, es vor den Schlaumeiern zu schützen, die glauben, Brennholz ohne viel Arbeit bekommen zu können.

Wir haben den alten Holzofen wieder in Ordnung gebracht, auf dem jetzt alle aus der Hausgemeinschaft kochen. Wir haben ihn in Jasars Garage aufgestellt, die damit zum wärmsten Ort geworden ist. Dort gehen wir hin und wärmen uns auf, wenn es nicht regnet. Wir sammeln überall in der Stadt Äste und nehmen sie mit nach Hause. Während das Mittagessen kocht, ziehe ich nochmal los durch die Stadt, allerdings, liebe Boki, seit Deiner Abreise jetzt nicht mehr auf der Suche nach Eiern; die gibt es nicht mehr.

Wir essen normalerweise gegen zwölf oder eins, und ziehen uns dann an, als ob wir hoch in die Berge wollten, denn gegen drei Uhr wird es schon dunkel und kälter. Eure Freunde kommen uns besuchen und fragen, ob wir Hilfe brauchen, aber Mama und ich sind schon zufrieden damit zu wissen, daß Ihr nicht hier seid.

Auch das Telefon funktioniert nicht, so daß wir mit niemandem in Sarajewo telefonieren können. Nach dem Essen rauchen Mama und ich bis um zwei eine Zigarette, und dann bricht die Dunkelheit herein. Eine Dunkelheit ohne Wärme, Musik und Fernsehen.

So vergehen alle Tage: Dunkelheit, Kälte, Schmerz. Aber wir werden das noch lange aushalten können. Das Wichtigste ist, daß Ihr in Sicherheit seid. Denn wäret Ihr hier, und ich könnte nicht für euch sorgen, dann wäre ich schon seit langem nicht mehr am Leben. So hingegen werde ich auf jeden Fall noch lange leben. Zur Zeit müssen wir hier in Sarajewo alle unsere Gefühle in die Tiefkühltruhe packen, denn nur so werden wir leben und überleben können.

Wenn wir dann wieder zusammen sind, können wir wieder wie früher kuscheln.

Aber Ihr seid ja jetzt schon erwachsen, seid 25 Jahre alt und müßt verstehen: Es ist das Leben, das Unvermeidliche; es gibt keine Alternative, und es ist auch nicht unsere Schuld, sondern Schicksal. Also genau das, Boki, vor dem Du Dich immer gefürchtet hast. Im Endeffekt passiert hier im Moment genau das, was wir schon im Mai befürchtet hatten, meine Kätzchen. Das einzige, worüber wir uns nicht im klaren waren, war der Umstand, Euch nicht mehr wiedersehen zu können.

Aber auch das wird vorbeigehen.

Sorgt Euch nicht um uns, es geht uns gut, und wir freuen uns, daß Ihr zusammen und weit entfernt von hier seid, denn bei Eurem Alter und Eurem Lebensstil – Musik, Fernsehen, Telefon, Wärme, Wasser, Kaffee, Cafés, Verehrer und Freunde – wärt Ihr hier mit Sicherheit unglücklich gewesen.

Ihr seid unser geliebtes Ein und alles. Ihr sollt nicht arm sein! Laßt Euch von B. Geld geben, er schuldet mir etwas!

Ich muß jetzt UNTERBRECHEN, aber nicht AUFHÖREN.

Wir haben Euch unbeschreiblich lieb!

Küsse und bis bald. Ich weiß zwar nicht wann, aber es wird bestimmt am Meer und in Italien sein.

Papa, Mama und Bessy

PS: Seid nicht traurig wegen der Geburtstage; laßt uns, was ja das Wichtigste ist, aneinander denken, dann werden sie auch schön werden.

Sarajewo, 16. Oktober 1992

Allerliebste Schwester, Tochter, Enkelin!

Seit drei Monaten bist Du nun nicht mehr bei uns; Du fehlst uns so sehr, doch fühlen wir uns bei dem Gedanken, daß Du nicht hier bist, besser. Zuallererst möchte ich Dir sagen, daß es uns gutgeht, das heißt, den derzeitigen Umständen in Sarajewo entsprechend. Mit anderen Worten, wir leben und sind nicht verletzt. Leider sind Tina Pekez und Kemo Selimovic nicht mehr unter den Lebenden, und wir sind alle zutiefst traurig, doch unser Leben geht weiter. Jetzt will ich Dir berichten, was jeder von uns macht. Ich fange an mit Großvater, da er der älteste ist. Es ist sehr schwierig für ihn. Er läuft in der Wohnung herum, liest, legt stets dieselben Patiencen und zieht sogar drinnen zwei Wollpullover, eine Jacke und drei Paar Socken an, weil er völlig durchfroren ist. Papa verbringt jeden Tag beim Kommando, und wenn er nach Haus kommt, ist er gereizt und müde und schimpft bei jedem Anlaß mit uns. Aber wir sind trotzdem froh, wenn er ein oder zwei Stunden am Tag bei uns ist. Sorgen brauchst Du Dir um ihn nicht zu machen: Er gehört nicht zu den kämpfenden Einheiten. Er ist beim Technischen Kommando, dessen Aufgabe die Reparatur von Brücken, Eisenbahnen, Straßen usw. ist. Mama ist sehr tapfer geworden. Sie hat viele Dinge gelernt: Holzhakken, Stricken, Wasser tragen, Feuer machen und Kochen. Vor ein paar Tagen hat uns Zumra Bostandjic besucht. Sie erzählte uns, was in Grbavica vorgeht und erwähnte auch, daß in unserer Wohnung jetzt ein Tschetnik wohnt, ein gewisser Obrad Goilijanin. Aber sie meinte, wir sollten uns keine Sorgen machen, er habe auch versprochen, unsere Sachen nicht wegzunehmen. Jetzt weiß ich nicht mehr, was ich Dir noch schreiben soll. Jedenfalls fehlst Du uns sehr.

Tausend Küsse von
Großvater, Papa, Mama und Bruder

25. Oktober 1992

Lieber Papa und Ihr lieben anderen!

Schon sechsmal habe ich Euch geschrieben, aber bisher nur einmal Antwort erhalten. Um Dich, Papa, waren wir sehr besorgt, weil wir wußten, in was für einem Zustand Du warst, als Du von zu Hause weggingst, um nach Banja Luka zu fahren und bei der Beerdigung Deiner Schwester dabeizusein.

Hast Du etwas zu essen und anzuziehen?

Hier ist die Situation grauenhaft; wir alle warten auf bessere Zeiten.

Was Lebensmittel angeht, sind wir momentan versorgt, weil wir ein Paket bekommen haben.

Es ist alles sehr teuer hier. Ein halbes Kilo Makkaroni kostet 2000 Dinar, das ist so viel wie mein Monatseinkommen.

Ich weiß, daß Deine Rente schon seit drei Monaten auf der Post angekommen ist, konnte aber noch nicht dorthin gehen, da sehr viel geschossen wird und ich mich nicht aus dem Hause traue.

Ich werde versuchen, es von der Bank überweisen zu lassen.

Aber mach Dir keine Sorgen deswegen, es gibt hier weder Geschäfte, noch gibt es etwas zu kaufen.

Laß mal bitte etwas von Dir hören, egal wie. Vielleicht könnten die Blauhelme oder die Caritas uns eine Nachricht zukommen lassen.

Paß auf Dich auf.

Mama und Seka

Sarajewo, 16. Oktober 1992

Lieber Zoran, Nesmin, Azra,
wie geht es Euch? Heute ist vielleicht ein Tag! Es ist super, denn nach so langer Zeit ist endlich der Strom wieder da, und so ist in dieser grauenvollen Zeit wenigstens wieder ein bißchen Leben im Haus. Als wir von allem hatten, nahmen wir die einzelnen Dinge gar nicht wahr: Es erschien uns normal und alltäglich, Strom und Wasser zu haben. Im Moment, da wir nichts mehr haben und uns alles genommen worden ist, sind wir schon glücklich, wenn man uns den kleinsten Krümel hinwirft.

Was für ein perfekt geplantes Martyrium!

Wißt Ihr, wie schön es nach so vielen Wochen sein kann, ein Bad zu nehmen? Und das Mittagessen in der Küche zu kochen? Ein Mittagessen, das, auch wenn es nichts Besonderes ist, doch besser schmeckt, wenn man es in der eigenen Küche macht und warm ißt.

Meine Liebsten, hier haben sich unerwartet und mit einem Mal so viele Dinge in unserem Leben geändert, so daß wir lange brauchen werden, um wieder zu einem normalen Leben zurückzufinden. Zum Beispiel die Geräusche, bei denen wir jedesmal erzittern, weil sie so ähnlich wie das Heulen der Granaten sind, was ja das scheußlichste Geräusch ist, das man sich vorstellen kann. Und dann der Strom. Man möchte kaum glauben, daß man wieder das elektrische Licht einschalten kann, sobald es dunkel wird. Und die geheizten Zimmer! Was das Essen betrifft, so ist das Gute dabei, daß wir jetzt nicht mehr allzu vernascht sind. Viele Sachen haben wir seit Monaten nicht mehr probiert, aber sie fehlen uns auch nicht. Das einzige, was wir wollen, ist etwas Geschmack: Allein bei dem Gedanken, uns erneut vor einem Teller mit den üblichen Makkaroni oder Reis ›pur‹ wiederzufinden, stehen uns die Haare zu Berge. Heute ist ein ganz besonderer Tag: Wir haben pro Kopf ein halbes Kilo Kartoffeln aus den Hilfsgütern erhalten. Das hört sich erschreckend an, ist es aber nicht.

Schrecklich ist nur, daß der Mensch sich an alles gewöhnen kann. In den Häusern nebenan bauen die Vögel ihre Nester in den Einschußlöchern der Granaten! Das Leben geht tatsächlich weiter.

Ihr fehlt mir so sehr. Ich würde gern mit Euch sprechen, Eure Stimmen hören und wissen, ob Ihr so stark an uns denkt wie wir an Euch. Es wäre so schön, wenn wir Euch recht bald wiedersehen und mit Euch in einer normalen Welt zusammensein könnten.

Zurückkehren in die Welt der Lebenden. Nicht mehr auf die Geräusche der Angst achtgeben. Aus dem Fenster schauen können. Einfach nach draußen gehen können, um ein bißchen spazierenzugehen.

Ihr fehlt uns alle.

Eure Emira

Sarajewo, 21. Oktober 1992

Sehr geehrter Herr,
seitdem der Krieg angefangen hat, ist dies die erste Gelegenheit für mich, Ihnen Nachrichten von uns zu schicken. Wir leben noch, doch wissen wir nicht, wie lange. Die schlimmsten Gewissensbisse mache ich mir, weil ich nicht imstande gewesen bin, meine Tochter aus diesem Inferno zu retten. Ich glaube, daß man in Paris über die hiesige Situation informiert ist: Sarajewo ist ein Konzentrationslager. Es gibt weder Wasser noch Elektrizität, und man kann nichts kaufen. Lebensmittel werden teuer und in deutscher Währung bezahlt. Seit Kriegsbeginn arbeite ich nicht mehr, und nun sind alle unsere Reserven erschöpft. Die humanitäre Hilfe, die hier ver-

teilt wird, ist spärlich und reicht nicht, um uns zu ernähren: ein halbes Kilo Mehl oder Reis, manchmal ein halbes Kilo Zukker, ein Viertelliter Öl, eine Dose Fisch. Nicht einmal Brot kann man mehr einkaufen. Ich habe 17 Kilo abgenommen, und Dragma ist nicht wiederzuerkennen. Darum habe ich meinen Mut zusammengenommen und nehme mir die Freiheit, Ihnen zu schreiben und Sie zu bitten, uns nach Möglichkeit ein Lebensmittelpaket zu schicken. Ein italienischer Journalist, der morgen Sarajewo verläßt, wird diesen Brief mitnehmen und hat mir versprochen, ihn von Italien aus nach Paris zu schicken. Vielleicht können Sie über die UN-Schutztruppen, die Caritas oder die Organisation ›Equilibre‹ jemanden finden, der nach Sarajewo reist, und ihn bitten, das Paket mitzunehmen. Sehr geehrter Herr, ich bedauere aufrichtig, nur zu schreiben, um etwas zu erbitten, doch momentan ist unser Los hier in Sarajewo leider, alle zu Bittstellern zu werden, da wir ohne die Almosen anderer nicht überleben könnten.

Ich danke Ihnen in jedem Falle für das, was Sie tun, und für das, was Sie nicht tun können.

Hochachtungsvoll
Amir Hezirovic

Sarajewo, 28. Oktober 1992

Lieber* Vanja!
Allmählich fahren hier alle ›Züge‹ ab. Asja, Sonja und ich bleiben. In den kommenden Tagen wird einer meiner Freunde mit seiner Familie ausreisen. Er fährt nach Slowenien und wird meinen Brief mitnehmen: Es bleiben mir genau fünf Minuten, ihn zu schreiben.

* Anm. d. Übers.: Müßte eigentlich weibl. sein, also ›Liebe V.‹, vgl. den Namen Vanja an vorhergehenden Textstellen. Weiter unten in diesem Brief ist von ›Deinem Mann‹ die Rede, also liegt wohl ein Druckfehler im ital. Original vor.

Hier sieht es mehr als traurig aus. Der Sinn des Lebens hat sich auf Essen, sich Waschen und Schlafen reduziert. Oft schaffen wir noch nicht einmal zwei dieser drei Dinge.

Asja und ich treffen öfter Deinen Mann. Es geht ihm gut; er sieht fantastisch aus wie immer, fühlt sich aber elend ohne Euch. Vor ein paar Tagen hat er Asja besucht und gesagt, daß er sich nicht mehr an Dein Gesicht erinnern könne. Asja hat schnell reagiert und von irgendwoher ein Foto von Dir hervorgezaubert und ihm vor die Nase gehalten.

Deinen Bruder dagegen haben wir schon länger nicht gesehen, doch meinte Zlatan, daß es ihm gutginge. Asja und ich sind immer zusammen und lachen trotz allem sogar ab und zu. Wir versuchen, Witze über unser Schicksal zu reißen!

Vergangenen Sommer haben wir uns einfach aus Lust und Laune etwas vor dem Hauseingang gesonnt, während die Geschosse über unsere Köpfe pfiffen.

Wir haben versucht, unsere Zeit mit humanitären Aufgaben auszufüllen, indem wir verirrte und ausgehungerte Tiere fütterten. Ein junger Kerl, der vorbeiging, meinte: »Es wäre besser, ihr würdet Kindern helfen.«

Wir haben auch mit Vera und Kaca gesprochen. Es geht ihnen gut, was heißt, daß sie noch unverletzt sind und der Kopf bei ihnen noch auf dem Hals sitzt.

Vor ein paar Tagen sind Asja und ich ins Stadtzentrum gegangen, und ich meinte: »O Schreck, ich hab' meinen Personalausweis vergessen! Wenn mich jetzt eine Granate in Stücke zerreißt, mußt Du mich identifizieren!« Ohne den schwarzen Humor könnte man hier nicht überleben.

Sonja ist noch in Onoka. Sanja, die Frau ihres Bruders Neben, hat ein Mädchen bekommen. Es ist mehr als schwer für sie, sie haben nichts zu essen, Gott sei Dank schafft es die Mutter, das Baby zu stillen, so ist wenigstens *das* Problem gelöst. Sonja ist deprimiert, hat aber wie immer einen Ausweg in der Arbeit gefunden: Sie hat zwanzig Paar Handschuhe gehäkelt. Sie sind wahnsinnig hübsch geworden, und sie will jetzt versuchen, sie an Leute zu verkaufen, die noch Geld für solche Sachen übrig haben.

Mein Milan ist in Kiseljak und arbeitet schrecklich viel, aber wir haben keine Möglichkeit, ihn zu besuchen. Vesta arbeitet für die UN-Friedenstruppen, doch haben wir seit einem Monat auch von ihr keine Nachricht mehr bekommen können, nicht einmal per Telefon. Anscheinend geht es ihr gut. Ach ja, Asja, die Sonja seit Kriegsbeginn nur ein einziges Mal gesehen hat, hat sie vor sieben Tagen wiedergetroffen. Wir sind hier ein einziges Konzentrationslager.

Asja sagt mir, daß Du ihr geschrieben hast, und daß es Euch beiden gutgeht. Ihr hattet Glück, daß Ihr noch rechtzeitig entkommen seid. Meine Olja und die kleine Ena konnten erst Ende August hier heraus, es war fürchterlich! Wenn die Granaten fielen, hat die Kleine angefangen, ›Bumm!‹ zu schreien. Das war dermaßen bedrückend... Jetzt sind die beiden in Malaysia bei Malik, und es geht ihnen gut dort, zumindest hoffen wir das, denn Nachricht haben wir bisher nicht von ihnen bekommen.

Diese Zeit hat zwar zahllose charakterlose Leute hervorgebracht, aber auch viele ehrliche und gute Menschen.

Der einzige Sinn meines Lebens besteht im Überleben... Einen anderen Wunsch habe ich nicht...

Ich hoffe, Dich in nicht zu ferner Zukunft wiederzusehen!

Mit Liebe, Deine Alba

PS: Ein Riesenkuß für Mirza!

Sarajewo, 3. November 1992

Unsere liebste Tania,
wir haben wieder eine Möglichkeit, Dir einen Brief zu schikken. Wie ich Dir schon letztesmal mitgeteilt hatte, haben wir

einige Schwierigkeiten und bereiten uns zur Zeit auf den Winter vor. Bis jetzt sind wir noch am Leben, und es geht uns einigermaßen gut. Dein Bruder liegt noch mit seinem Geschwür im Krankenhaus, und je länger er dort bleibt, desto besser für ihn, denn zu Hause hat kein Fenster mehr Glas, und die Wohnzimmerwand hat einen Bombentreffer abbekommen, was ein dickes Problem werden wird, sobald die Kälte schlimmer wird. Er liegt ohnehin besser im Krankenhaus als zu Hause, da seine Kinder den ganzen Tag in der Kaserne sind und er zu Hause allein wäre. Wir haben alle abgenommen, obwohl wir durch die Hilfslieferungen notdürftig mit Nahrung versorgt werden. Der einzige, der nicht abgemagert ist, ist Nino, mein kleinster Sohn, denn ich behalte ihn den ganzen Tag in der Wohnung. Tatsächlich läuft er hier Gefahr, eingezogen zu werden, wenn er auf die Straße geht. Safet geht es gut, er ist der einzige von uns, der sogar zugenommen hat. Ich selbst bin – wie gewohnt – ständig in Bewegung, arbeite und laufe herum. Ich bin leichter, und wenn all diese Schrecken wirklich nur auf einen Gewichtsverlust hinausliefen, dann wäre das wirklich eine schöne Sache. Man könnte davon träumen, unsere Stadt wiederaufzubauen, vielleicht viel schöner als vorher. Doch leider wird es wohl nicht so sein, weil bei so vielen gefallenen Jugendlichen eine ganze Generation verschwindet. Und dann werden wir uns wohl obendrein überlegen müssen, wohin wir die wenigen überlebenden Jugendlichen schicken sollen, wenn der Krieg zu Ende ist. Nach Australien, nach Kanada vielleicht? Wer weiß... Selbst wenn man heute mit all den Zerstörungen hier aufhören würde, es gäbe für die nächsten zehn Jahre keine Perspektiven.

Die Alten werden noch dasein, und es wird eine Generation von Kriegsversehrten übrigbleiben, von denen ich mir nicht vorstellen kann, wie sie arbeiten sollten. Vielleicht hat Gott es ja so gewollt. Aber über all das können wir ja reden, wenn man sich wieder normal untereinander verständigen kann.

Wir denken immer an Euch und umarmen Euch alle.

Zela und Hamer

Sarajewo, 5. November 1992

Meine liebe Tochter,
Du kannst Dir gar nicht vorstellen, wie sehr uns Dein Anruf bewegt hat. Damit hätten wir nie gerechnet! Er kam am Sonntag, vor 4 Tagen. Wir haben Deine Stimme gehört, konnten aber leider nicht alles verstehen. Doch die Hauptsache ist, wir wissen, daß es Dir gutgeht und daß Du nun weißt, daß wir noch leben und es uns gutgeht.

Wir haben nur verstanden, daß Du uns ein Paket geschickt hast, und das hat uns unwahrscheinlich gefreut. Jetzt erwarten wir es mit Ungeduld, und so vergehen unsere Tage etwas schneller. Wir sind immer noch Gefangene, aber früher oder später wird das ein Ende haben. Mit Strom, Wasser und Essen wächst auch unser Widerstand. Ich kann ein wenig arbeiten, das beschäftigt mich und beruhigt meine Nerven.

Vor einiger Zeit haben wir Deinen Brief vom 2. Oktober erhalten, in dem Du von Deiner Heirat berichtest. In unserer Situation ist solch ein Brief das Schönste, was es geben kann. Auch ein paar Tränen wurden vergossen, vor allem männliche!!!

Ich bin sehr glücklich darüber, daß Du mit Erfolg an Deinem neuen Projekt arbeitest. Eines der traurigsten Dinge, die ich beobachte, ist, daß es für die Jugendlichen und Studenten hier fast keine Perspektiven gibt. Von hier aus, mit den wenigen Informationen, können wir schlecht abschätzen, was uns die Zukunft bringt.

Es tut mir leid um Bosnien und die Bosnier, sie haben all

das Leid und die Ungerechtigkeit nicht verdient. Die Welt draußen kennt nur ihren eigenen Nutzen, und für die Leute hier ist es schwierig, dieses Verhalten zu akzeptieren. Draußen regieren nur Gewalt und Interessen.

Und wir sterben hier.

Ich habe fünf oder sechs Dokktoranden, die sich bemühen, ihre Dissertationen zu beenden, und daran denken, ins Ausland zu gehen, sobald sie fertig sind.

Arme Jugend hier auf dem Balkan!

Grüße Filippo unbekannterweise von mir. Ich kann es nicht erwarten, Dich endlich wiederzusehen.

Ich umarme Dich, ich liebe Dich über alles.
Dein Papa

Sarajewo, 8. November 1992

Lieber Herr George Bush,
ich bitte Sie, uns und unserem Bosnien zu helfen. Ich bin aus Vogosca in der Nähe von Sarajewo geflohen. Ich habe nichts zu essen, nichts zu trinken, ich habe kein Bett, in dem ich schlafen kann, ich habe nichts, womit ich mich wärmen könnte, und auch nichts anzuziehen. Und meinen Altersgenossen geht es auch nicht anders. Bald werden wir sterben. Ich bitte Sie, tun Sie etwas, damit der Krieg bald aufhört und nicht mehr über unsere Köpfe geschossen wird. Sie können uns helfen...

Helfen Sie mit, daß dieser Krieg bald aufhört, und wir werden Ihnen sehr dankbar sein. Sie wissen nicht, wie es uns hier geht, doch etwas wissen Sie, wenigstens einen Teil von all dem. Aber wie sehr die Menschen hier leiden, das ist Ihnen nicht klar.

In den von den Serben überfallenen Gebieten regiert das

Grauen. Ständig wird getötet und gefoltert. Sie treiben uns noch in den Wahnsinn. Deshalb bitten wir Sie, uns zu helfen.

Ich heiße Edina Sulejmanovic
und bin 12 Jahre alt.

PLEASE HELP BOSNIA NOW!

Sarajewo, 28. November 1992

Liebe Dragana, liebe Kameraden und Kameradinnen,
erst einmal, wie geht es Euch und was macht Ihr? Wir langweilen uns hier und wissen nicht, was wir tun sollen. Dragana, mit einem Brief von Euch hätte ich nie gerechnet. Ich hätte nie geglaubt, daß wir uns schreiben würden und uns noch einmal wiedersehen. Als Amel an meine Tür klopfte und ich ihn ungeduldig fragte, was er wollte, hat er gesagt: »Mach auf, ich habe eine Überraschung für Dich.« Als er mir Deinen Brief gab, habe ich ihn sofort geöffnet und gelesen. In jenem Augenblick war ich selig vor Glück, denn seit Eurer Abreise habe ich immer nur geweint. Dann habe ich mich mit Melinda angefreundet. Ich glaube, wenn Melinda nicht gewesen wäre, hätte ich den Verstand verloren; für mich hat sie Euch ersetzt. Seit Ihr nicht mehr hier seid, wird es für mich mit jedem Tag schlimmer. Ich weine, während ich Dir diesen Brief schreibe, denn ich kann mir ein Leben ohne Euch nicht vorstellen. Du weißt, wie gern ich Euch alle hatte, vor allem Dich. Sobald dieser verdammte Krieg zu Ende ist – oder vielleicht sogar früher, denn auch wir haben die Möglichkeit, hier vor dem 24. November 1992 herauszukommen –, rufe ich meine Tante in Deutschland an! Vor allem, wenn die Jungen nicht endlich aufhören, mich zu belästigen. Ich kann sie nicht mehr ertragen, ich bin ja die jüngste von allen. Wohin ich mit Melinda auch gehe, immer provozieren sie mich.

Diese Kerle geben nicht einen Tag Ruhe; sie sind alle verrückt! Ich weiß nicht, ob Du davon gehört hast, daß Lasa verwundet wurde; er läuft jetzt auf Krücken und hat ein Stück Metall im Bein. Hat Danijela etwas von ihrer Mutter gehört? Ich habe die beiden Fotos von Euch gesehen, die Romela Miroslav geschickt hat. Ich bitte Dich, Dragana, macht ein Foto von Euch allen und schickt es mir; das wird meine Qualen etwas lindern. Aus Langeweile lese ich Deinen Brief immer wieder, Zeile für Zeile, und schaue mir die Fotos an. Das ist mein einziger Zeitvertreib. Für mich wäre es das größte Glück, Dich wiederzusehen – oder zu sterben. Ich will nicht mehr leben. Dragana, glaube mir, während ich Dir schreibe, weine ich die ganze Zeit. Und dann tun mir auch noch die Nieren weh, immer im schlimmsten Moment. Ich gelobe bei meiner Mutter, daß ich nicht aufhören kann, an Euch zu denken, ohne Euch kann ich nicht leben. Gott möge niemandem mein verdammtes Schicksal geben!

Ich hoffe, daß Dich diese Zeilen erreichen. Dragance, jetzt beende ich diesen Brief, denn ich weiß nicht, was ich Dir noch schreiben könnte, außer, daß Du in Ohnmacht fallen würdest, wenn Du unsere Stadt mit eigenen Augen sehen könntest!

Lebe wohl, ich habe Dich lieb.
Melina

Brief eines Mädchens aus dem Waisenhaus von Sarajewo an seine Kameraden und Kameradinnen in Igea Marina

Sarajewo, 29. November 1992

Meine Lieben,
Ihr könnt Euch gar nicht vorstellen, wie glücklich ich war, als Julija mir gestern Eure Briefe vom 29. Oktober und 21.

November gebracht hat. Ich bin so froh, daß es Euch gutgeht!

Beten wir zu Gott, daß all dies bald ein Ende hat, denn es ist unerträglich. Ich bin ja schon froh, wenn ich jetzt weiß, daß Ihr gut untergebracht seid. Seit Mai hatte ich nichts mehr von Euch gehört. Hier wird ununterbrochen gekämpft, wir können es nicht mehr aushalten.

Ich schlafe im Keller, weil das der einzig sichere Ort ist. Auch Kemo und Marjano schlafen im Keller; wir haben Betten aufgestellt und versuchen zu heizen. Es ist scheußlich, aber ich hoffe, daß das ganze Elend bis Ende des Jahres vorbei ist.

Mein lieber Zlatko, Sarajewo liegt am Boden.

Anver und Branko sind verwundet worden, und die anderen sind nach Zenca geflüchtet.

Es geht mir besser, ich gehe jetzt am Stock, und ich bin völlig verängstigt, ständig muß ich weinen.

Wir bekommen etwas Essen von den Hilfsorganisationen... aber das ist nicht von Bedeutung. Wichtig ist, daß es so bald wie möglich Frieden gibt. Alle haben uns im Stich gelassen. Resolutionen werden verfaßt, doch die Verbrecher sitzen immer noch ringsherum auf den Bergen und beschießen die Stadt mit schweren Geschützen, vor allem an den Wochenenden, wenn Verstärkung und Soldaten eintreffen.

Allein der Gedanke, daß Ihr Euch in Sicherheit befindet und doch einige überleben werden, macht mich schon glücklich und gibt mir die Hoffnung, daß wir uns eines Tages wiedersehen.

Wie geht es meinen kleinen Enkelinnen? Ich kann es kaum erwarten, daß unsere Soldaten diese Verbrecher endlich verjagen und meine Mädchen wieder nach Hause kommen können. Gebt kein Geld aus, um uns Essen zu schicken, wir bekommen Hilfsgüter wie alle anderen. Das Schlimmste ist, daß der Winter begonnen hat und wir ohne

Wasser, Licht und Gas sind, aber wir hoffen, daß wir es überleben.

Die Hauptsache ist, daß die Kinder nicht hier, sondern in Sicherheit sind.

Vom Haus der Familie Ilijdza wissen wir nichts, denn dort sind jetzt die Tschetniks.

Schreibt uns,
wir haben Euch sehr lieb.
Euer Papa, Mama und Onkel Kemo

Meine lieben Kinder und Enkelinnen,
das Grauen hat kein Ende. Ich wäre so gerne bei Euch, aber so wie die Dinge stehen, ist das unmöglich. Doch wir leben in der Hoffnung, daß bald alles ein Ende hat, wenn auch unsere Kräfte erschöpft sind, und wir keine Geduld mehr haben. Wie geht es Euch? Schreibt uns öfter, wir würden uns sehr darüber freuen. Vielen Dank für Euer Paket, es kam genau im richtigen Moment. Hier wird ständig geschossen, und in dieser Hölle ist es unmöglich, aus dem Haus zu gehen. Im Moment ist der Winter noch nicht sehr hart, und es ist auszuhalten. Wir wünschen uns sehr, daß dieses Grauen bald ein Ende hat, damit wir Euch wenigstens wiedersehen können.

Ich umarme Euch mit all meiner Liebe.
Mama

<u>Sarajewo, 30. November 1992</u>

Meine Lieben,
wie geht es Euch? Wie geht es meinen kleinen Enkelinnen Una und Jasna? Was machen sie? Wie lebt Ihr und wovon lebt Ihr? Hat Zlatko endlich Arbeit gefunden? Gestern haben wir

alle Eure Briefe auf einmal bekommen. Wir haben auch die Nachricht von Haso und Enesa aus Mostar erhalten. Enesa hat uns 10 DM geschickt. Wir erkundigen uns immer wieder nach Eurem Paket, aber sie sagen uns, daß es noch nicht angekommen ist, und so wie es aussieht, befürchte ich, daß es gar nicht mehr ankommt. Schickt mir nichts mehr, bis ich Euch darum bitte. Vor 10 Tagen haben wir auch einen Brief von Aida aus London bekommen; sie schreibt, daß Ihr in Verbindung seid. Wir waren sehr überrascht, daß Aida plötzlich in London ist, und waren uns dann nicht mehr sicher, wo Ihr wohl sein würdet. Ich umarme meine lieben, niedlichen Enkelinnen. Großmutter und ich können es kaum erwarten, sie wiederzusehen. Zum Glück haben wir die Fotos von ihnen, die können wir immer anschauen. Wir sagen uns immer wieder, daß es ein großes Glück ist, daß sie nicht hier in dieser Hölle sind. Sag den Mädchen, daß ihre Freunde Mak und Darjan nach vielen vergeblichen Versuchen endlich ausreisen konnten, hoffentlich nach Prag.

Viele Grüße
Euer Großvater

Sarajewo, 30. November 1992

Gestern war der Tag der Republik... seit Monaten habe ich Dir nicht geschrieben. Ich weiß nicht, was ich Dir schreiben soll, und ich will mich nicht wiederholen. Wir leben und wir arbeiten, und oft verlöschen die Kerzen in unserem Zimmer erst bei Sonnenaufgang. Ich lebe mit meinem ›Mann‹ Mario in Borko. Zur Zeit haben wir genug zu essen, um zu überleben. Ich hoffe nur, daß ich keine Vitamine nehmen muß.

Der Krieg geht weiter. Ehrlich gesagt, erscheint mir alles,

was ich schreibe, sinnlos und allzu alltäglich. Schlimmer noch, es erscheint mir sogar normal! Das ist das Schlimmste, daß man sich an ein solches Leben gewöhnen kann.

Langsam aber sicher vergesse ich, wie es ist, wenn man zum Supermarkt geht und Eier, Mayonnaise, Fleisch kauft. Wenn man das wenige, das man kaufen kann, nicht in DM bezahlen muß und auch noch etwas Geld zum Leben übrig hat. Von anderen Dingen ganz zu schweigen. Oje, ich Arme, jetzt werde ich auch noch sentimental.

Zur Zeit bin ich wie Zigi Stardust, das Mädchen vom anderen Stern. Mein größter Wunsch ist, aus dieser verdammten Stadt, die nicht mehr Sarajewo ist, herauszukommen. Das ist nicht mehr unser Sarajewo.

Also, das ist ein ROCK 'N' ROLL!

Grüß die Freunde in Israel von mir, falls Du noch mit ihnen in Verbindung bist. Ich träume sehr oft von ihnen. Ich träume auch von Dir und vom Meer.

Grüß auch alle anderen. Was Du wissen mußt, ist, daß wir, Gott sei Dank, noch leben und mehr oder weniger gesund sind.

Deine Lada

Sarajewo, 3. Dezember 1992

Lieber Jasmin,
es schneit. Zum Glück zum erstenmal in diesem Jahr. Erinnerst Du Dich? In manchen Jahren hat es schon im Oktober geschneit.

Ich sitze hier im kalten, natürlich nicht beheizten Büro, es ist eiskalt; ein ganz normaler Kriegstag in Sarajewo. Die übliche demütigende und banale Ordnung der Dinge: die ›Dusche‹ mit einem nassen Lappen, die Kleider schnell übergezogen und dann die ›Realität‹ der Nachrichten aus dem Radio. Etwas anderes zählt nicht. Weit aufgerissene Augen im

Leeren, die Dunkelheit schon um halb fünf nachmittags und dann neben der Kerze bis ›spät‹, bis 9 Uhr. Dann ins Bett. Unterdessen von fern und nah das Geräusch der Schüsse. Ich will damit nicht die Niedergeschlagenheit beschreiben. Es ist einfach so. Das ist unser Schicksal. Ich wollte nur versuchen zu beschreiben, wie diese Stadt, diese Menschen, dieses Land in einen Abgrund des Elends und der Ohnmacht stürzen. Ohne Elektrizität, ohne Wasser, ohne Telefon, ohne Heizung.

Und in dieser Situation bin ich fähig, etwas zu erkennen, was ich bisher nicht gewußt habe und mir auch nicht vorstellen konnte: Der Mensch gibt niemals auf. Jene, die wir bis gestern für Nichtsnutze gehalten haben, siehst Du Holz sammeln, Feuer machen, schwere Wassereimer von weit her tragen, sie bieten dem Unglück ganz einfach die Stirn.

Der Krieg hat ihre Fähigkeiten freigelegt, sie in ›Urmenschen‹ verwandelt. Ein Beispiel, das all das genau beschreiben kann: Dort, wo vor noch nicht langer Zeit Polizisten mit Sprechfunkanlagen auf den ehemaligen Präsidenten warteten, hütet, eingemummt in dicke Kleidung, eben jener ehemalige Präsident zusammen mit seiner Frau ein Feuer, das zwischen zwei Ziegelsteinen brennt, dort machen sie Kaffee und kochen ihr Mittagessen, zerbrechen kleine Ästchen. Du siehst, alles ist anders geworden.

Dein Amer

Sarajewo, 5. Dezember 1992

Meine liebe Tochter Ana,
noch einmal zwei Geschichten. Die erste: Dein Brief oder die Freude. Die zweite: unsere Antwort oder die Realität.

Diesmal ist auf dem Umschlag, in dem Dein Brief steckt,

Deine Handschrift (der letzte Brief war in einem Umschlag des U. N. H. C. R.*). Ich betrachte ihn deshalb voller Freude, doch auch mit Besorgnis. Ich öffne ihn nicht sofort, denn ich weiß nicht wie es Dir geht, und ich habe Angst vor seinem Inhalt.

Dann öffne ich ihn. Du schreibst mir von Deiner Reise nach Grado. Ich weiß nicht, ob Du verstehen kannst, wie weit weg für uns all diese schönen und angenehmen Dinge sind. Die Lichter der Straßen, der Glanz der Werbung, die Kinder, die laut lachen... Ich weiß nicht, ob ich vor Glück weine, weil es auf der Welt noch eine andere Realität als die unsere gibt, weil Du, meine Tochter, ohne Angst vor den Tschetniks spazierengehen kannst und mein Enkel ganz zufrieden ein Eis essen kann. Oder ob ich weine, weil mich diese unendliche Dummheit der Menschen und ihre Zerstörungswut so quälen. Und nun unsere Geschichte, oder die Realität, die man mit der folgenden Metapher beschreiben könnte: Über unseren Köpfen schwebt eine Bombe, die schlimmer als die Atombombe ist. Wie Du weißt, tötet die Atombombe dreimal: mit der Druckwelle, mit der Temperatur und mit der Strahlung. Aber die Person, die die Macht hat, die Bombe zu aktivieren, kann, muß aber nicht auf den Knopf drücken.

Die Bombe, die ständig über unseren Köpfen schwebt, tötet in erster Linie mit Geschützen, in zweiter mit dem bald einbrechenden Winter und drittens mit dem Hunger.

Jede dieser drei Stufen ist bereits aktiviert und wirkt mit jedem Tag intensiver.

Ich bitte Dich um Entschuldigung für den Pessimismus in meinen Briefen, aber er hat seinen Ursprung nicht nur in dem, was hier geschieht, sondern auch in meiner Enttäuschung. Niemals hätte ich mir vorstellen können, selbst nicht in meinen schlimmsten Träumen, daß in Sarajewo, in un-

* Anm. d. Übers.: United Nations High Commissioner for Refugees – Hochkommissar der Vereinten Nationen für Flüchtlinge

serem, meinem Sarajewo ein Krieg, ein solcher Krieg möglich wäre. Ich habe versucht, das Leben anders zu sehen. (Ist man mit 60 Jahren dafür vielleicht zu alt?) Ich habe angefangen zu beobachten, was die anderen machen. Jene, die versuchen zu überleben, die sich anpassen, sogar ihren Nutzen aus dem Krieg ziehen. Einige haben sich sogar am Krieg bereichern können.

Aber ich weiß nicht, was ich tun soll. Ich habe keine Richtung, keinen Plan.

Darauf war ich nicht vorbereitet.

Soll ich hierbleiben oder aber von Sarajewo weggehen (angenommen, daß das möglich ist)?

Ich weiß nicht, was aus Dir wird, und ich weiß nicht, was ich mit Deinem Bruder Dario machen soll.

Sollen wir für einige Zeit von hier fortgehen? Oder für immer? Erst jetzt wird mir deutlich bewußt, was Redewendungen wie ›Pulverfaß‹ oder ›Wirtshaus zum Balkan‹ eigentlich bedeuten... und deshalb werde ich alle Vorbereitungen treffen, damit Dario fliehen kann.

Aber wohin? Vielleicht nach Amerika zu Onkel Milos, oder nach Australien zu Tante Stella?

Ich weiß es nicht.

Ich liebe Dich sehr.
Dein Papa

Sarajewo, 2. Dezember 1992

Lieber Bruder,
letzte Woche haben wir Deinen Brief bekommen; es war der erste seit Juni. Wir haben vor Freude geweint, denn jetzt wissen wir, daß Du die Ereignisse hier verfolgt hast und an uns denkst. Die Tränen haben einen Knoten in meinem Inneren gelöst, und jetzt geht es mir besser.

Lieber Jasmin, die Lage hier ist sehr ernst, aber wir hoffen alle, daß der Krieg bald ein Ende hat und wir überleben. Am Anfang, im Mai und während des Sommers, war es viel schlimmer, aber inzwischen haben wir uns an das Explodieren der Granaten, an die Schüsse, an die Toten und an die Bomben gewöhnt. Die Granaten fallen wie Regen um das Haus herum. Das Schwierigste ist, dies alles mit ansehen zu müssen und dabei noch das eigene Leben zu retten. Ansonsten kommt man schon irgendwie zurecht.

Vielen Dank für das Paket, das der Journalist uns mit dem Brief gebracht hat, wir haben ein richtiges Festessen zubereitet, das gibt es hier sehr selten: gebratene Kartoffeln mit Büchsenfleisch. Wir hatten zwar keine Gewürze, aber das Essen war trotzdem viel, viel schmackhafter als das, was wir normalerweise essen, nämlich Reis oder Kartoffeln in Wasser gekocht. Manchmal kann ich eine Zwiebel auftreiben, die schneide ich in Stücke, und dann kann ich dem Essen für wenigstens eine Woche etwas Geschmack verleihen. Gemüse, Obst und Gewürze fehlen uns sehr. Die Pakete der Hilfsorganisationen enthalten manchmal kleine Kostbarkeiten wie Streichhölzer, Bonbons oder ein Paket Toilettenpapier. Zum Glück hat Papa Vorräte angelegt, bevor er wegging.

Die wenigen Dinge, die es hier auf dem Schwarzmarkt gibt, sind sehr teuer und müssen mit DM bezahlt werden. Ein Päckchen Zigaretten kostet 2,50 DM, ein Liter Öl 25 DM. Ich arbeite nicht, stehe aber auf der Warteliste. Ich bekomme 2000 bosnische Dinar im Monat; damit kann ich ein halbes Kilo Nudeln kaufen, wenn es welche gibt. Auch Brot ist knapp. Lange Zeit waren wir ohne Wasser und Licht; es war schrecklich. Zum Glück konnte uns Dein Schwager etwas Trinkwasser vom Kommando besorgen, für die Toilette haben wir nach dem Regen das Wasser aus den Pfützen gesammelt. Aber waschen konnten wir uns nie.

Zum Glück haben wir vor dem Sommer die doppelten Fenster herausgenommen, so können wir jetzt die zerbrochenen

Scheiben ersetzen... bis auch die wieder von den Bomben zertrümmert werden!

Mein lieber Bruder, man gewöhnt sich an alles, wenn man keine andere Wahl hat.

Ich grüße Dich ganz herzlich.
Deine Amela

Sarajewo, 5. Dezember 1992

Liebe Kinder,
hier wird es immer schlimmer. Vieles, von dem, was uns umgab und was wir gern hatten, existiert nicht mehr. Einige Eindrücke von diesem Verfall habt Ihr bei Eurer Abreise mitgenommen, denn den Anfang habt Ihr ja noch miterlebt. In der Zwischenzeit werdet Ihr wahrscheinlich schon andere getroffen haben, die nach Euch abgereist sind und Euch von ihren Schicksalsschlägen erzählt haben. Und ich bin mir sicher, daß Ihr aus der Ferne an allem Anteil genommen habt.

Die Einzelheiten möchte ich Euch niemals erzählen. Ich möchte Euch nur so bald wie möglich wiedersehen oder wenigstens Eure Stimme hören, denn ich weiß, daß dies Euch und auch uns genügen würde, um wieder wie normale Menschen leben zu können.

Ich wünsche, ich könnte Euch davon überzeugen, daß Ihr Euch um uns und um alle anderen, die Euch am Herzen liegen und die hiergeblieben sind, keine Sorgen zu machen braucht. Es ist unglaublich, wieviel Kraft der Mensch besitzt, um sich den Umständen anzupassen. Er wird gegen äußere Einflüsse immun, er stellt sich jeder Prüfung, ob es nun eine Granate, ein Geschoß, Nahrungs- oder Wassermangel ist. Ihr müßt wissen, nach den ersten Monaten, in denen wir uns an die Gefahr gewöhnen mußten, ist das Leben hier inzwischen zur Routine geworden. Die Leute gehen aus, sie gehen fast jeden Tag zur Arbeit, erhalten Hilfsgüter, treffen sich mit Freunden, manchmal gehen sie auch in ein Café, obwohl es nichts zu trinken gibt. Worauf hoffen wir? Nur auf Gutes. Jeder Krieg, vor allem aber ein Krieg wie dieser, zwingt die Menschen, sich zu ändern. Die meisten anständigen und guten Menschen bleiben, wie sie sind, selbst wenn geschossen wird. Aber die, die keine Skrupel kennen, die ohne Moral und Charakter sind, werden durch den Krieg noch schlimmer. Aber, meine lieben Kinder, wenn Ihr endlich die Menschen wiedersehen könnt, die Euch am Herzen liegen, dann seid ihr nicht mehr enttäuscht.

Euer Vater

Sarajewo, 14. Dezember 1992

Ihr Lieben,
vor genau acht Monaten seid Ihr voller Angst zu Eurem ›Ausflug‹ aufgebrochen. Oben auf der Treppe seid Ihr hinter der Ecke verschwunden. All das ist mir noch so deutlich vor Augen, als wenn es erst vor ein paar Tagen gewesen wäre. Dabei ist schon so viel Zeit vergangen, und in der ›Zwischenzeit‹ hat man den Lauf der Zeit allzu deutlich zu spüren bekommen. Ich sitze im ›Wohnzimmer‹, das in den letzten beiden Tagen zum x-tenmal umgestellt worden ist. Wahrscheinlich habe ich Euch schon geschrieben, daß wir uns einen alten Masut-Ofen geliehen haben. In letzter Zeit ist es fast unmöglich geworden, Petroleum aufzutreiben. Es ist uns gelungen, den Ofen auf Holz umzustellen, das kann man noch finden. Wie in fast allen Wohnungen ist der Ofen zu einem Treffpunkt geworden, um den herum sich alles abspielt. Deshalb hat er auch einen Ehrenplatz mitten im Zimmer.

Wir haben die alten Möbel aus Kenans Zimmer ins Wohnzimmer gebracht, ebenso den Sessel aus meinem Zimmer, den alten weißen Teppich und die Decken aus dem Schlafzimmer. Jetzt herrscht dort eine angenehme Atmosphäre, es sieht schön und gemütlich aus, vor allem wenn das Feuer brennt.

Gestern abend kam Euer Brief an, italienische Pazifisten brachten ihn mit. Ihre Ankunft hat uns tief bewegt, und einen Tag lang haben wir wieder gewußt, wie es ist, wenn man mit der Welt in Verbindung steht. Als wir sie sahen, es waren so viele, konnten wir es nicht glauben. Dann zogen sie die Briefe aus ihren Rucksäcken, und ich wagte nicht zu hoffen, daß auch einer für uns dabei wäre. Unsere Freude war groß. Ihr könnt Euch gar nicht vorstellen, wie groß. Unseren Leuten erschienen die Pazifisten wie überirdische Wesen, die von einem anderen Planeten in unsere so traurige und zerstörte Stadt gekommen waren. Die Leute betrachteten ihren guten Willen und ihren Enthusiasmus mit Dankbarkeit, aber auch mit Verblüffung, so wie Erwachsene manchmal die naiven Einfälle von Kindern betrachten.

Vielleicht sind wir der Worte von Solidarität und Unterstützung einfach überdrüssig, in dieser Welt, in der doch alles stillsteht.

Semir hat einige von ihnen getroffen und ihnen einen Brief für Euch mit Eurer Telefonnummer gegeben. Wie leben wir? Nun, nach und nach haben wir uns an all das gewöhnt und leben jetzt seltsamerweise, als ob es schon immer so gewesen wäre.

Wir machen uns nicht viel Gedanken über das, was um uns herum passiert, denn wir sind damit beschäftigt, unsere alltäglichen Probleme zu lösen.

Wir lesen. Ab und zu übersetze ich etwas, immer Sachen, die nichts mit dem Krieg zu tun haben, und ich warte darauf, daß eine Zeit kommt, in der wieder jemand Interesse an meinen Übersetzungen haben könnte. Ich wollte aktiver werden, aber alles, was ich hätte tun können, wäre mit einem enormen Risiko verbunden gewesen, und das Ergebnis dieser Unternehmungen wäre das meiner Meinung nach nicht wert gewesen. Mir scheint es sinnvoller, alles geduldig zu ertragen und die Kräfte für das aufzusparen, was danach kommt.

Wir hoffen jedoch, daß das Schlimmste überstanden ist.

Und auch dieses schreckliche Jahr wird vorübergehen!

Wenn einer von uns das Haus verläßt, sind die anderen beiden in ständiger Sorge. Dabei ist diese Sorge bei all dem, was passiert, völlig unnötig.

Semir arbeitet sehr viel. Seit August ›kämpft‹ er mit seinem Computer gegen den Strommangel, denn er will seine Dissertation abschließen. Der letzte Stromausfall erwischte ihn ausgerechnet am Ende seiner Arbeit. Wie es aussieht, bekommt er eine richtige Arbeit in der Informatikabteilung des Krankenhauses, sobald er seinen Doktor hat. Er sagt, das wäre eine Arbeit, von der immer geträumt hat. So pendelt er jetzt ständig zwischen dem Roten Kreuz, der Klinik und der Universität, wo sein Professor und er gemeinsam an einem Projekt arbeiten.

Unter anderen Umständen würde das alles sehr viel Spaß machen.

Dem ›Renault 5‹ hat der Krieg stark zugesetzt. Diebe, Kugeln und Granatsplitter haben ihn fast vollständig zerstört. Aber um uns herum geschehen viel zu schreckliche Dinge, um einer solchen Sache noch Bedeutung zu schenken.

Nebojsa und Vesna kommen uns oft besuchen, und wir freuen uns jedesmal. Nebojsa ist Chefredakteur beim Rundfunk geworden, und Vesna beklagt sich nun, daß sie ihn kaum noch sieht, und er lächelt, wie immer!

Manchmal macht er bei Damir halt, trinkt ein paar Gläschen auf die Geburt ihres Kindes und kommt dann erst nach Beginn der Ausgangssperre nach Hause. Ihr könnt Euch vorstellen, was Vesna dazu sagt! Doch die beiden versuchen, ihre Beziehung trotz allem harmonisch zu gestalten. Es ist jedesmal eine wahre Freude, wenn sie bei uns erscheinen.

Im übrigen, meine liebe Sanja, mußte sich unsere gesamte Fakultät auf einen kleinen Raum am Ende einer der unzähligen Flure im Gebäude der juristischen Fakultät beschränken. Die wenigen Professoren und Assistenten, die hiergeblieben sind, treffen sich einmal in der Woche, aber es wird doch nur über Hilfsgüter oder Vorräte für den Winter gesprochen.

Wenn all das vorbei ist, wird man jeden kleinen Teil des Lebens von Grund auf wieder aufbauen müssen.

Aber es gibt auch Menschen, die in diesen Tagen eine wirkliche Bestätigung erleben; einer davon ist Jevdja. Ich weiß nicht, ob Ihr gehört habt, daß Slavko Pervan mit einer Gruppe von Musikern das berühmte Musical ›Hair‹ aufgeführt hat. Die Musik ist wunderschön, sie gehört zu den wenigen Dingen, denen es gelingt, in der vollständigen Zerstörung Heiterkeit und Optimismus auszustrahlen. Die Kinder sehen ›Hair‹ zehn-, fünfzehnmal. In einer der Hauptrollen ist Javdja zum wahren Star geworden. Natürlich hat er sich ganz und gar mit seiner Rolle identifiziert und stolziert wie ein Pfau durch die Stadt, während sich die Mädchen darum drängen, ihn zu grüßen.

Ich weiß nicht, ob Mama Euch schon von unserem neuen Hausbewohner geschrieben hat, der gerade im Moment ein paar Lebenszeichen von sich gibt. Es ist Kico, der Papagei von Semir, ein ›Flüchtling‹ aus Dobrinja. Er sieht aus wie unser alter Cici, und wir alle sind ganz verliebt in ihn. Papa wandert ständig im Haus herum, um den wärmsten Platz für ihn zu suchen. Es tut mir nur leid, daß mein kleiner Zlatan ihn noch nicht gesehen hat, denn er ist ein unglaublich intelligenter Vogel, und er kann schon seinen Namen ohne Fehler sagen. Auch Kico teilt mit uns das ›rustikale Idyll‹ unseres Wohnzimmers. Ich schreibe Euch all dies, damit Ihr Euch eine Vorstellung davon machen könnt.

Nihad sehen wir sehr oft, er pendelt immer zwischen Mojmalo und dem Stadtzentrum hin und her. Er hat sehr viel gesehen und viel durchgemacht, aber seine Ruhe und seine Sicherheit hat er nicht verloren. Ich kann Euch nicht beschreiben, wie es war, als Euer Paket angekommen ist. Er konnte kein Wort herausbringen, nur seine schwarzen Augen haben ihn verraten, sie glänzten vor Rührung und Freude. Und sein Sohn Fedja, der vom Öffnen des Paketes ganz aufgewühlt war, hat Euch gewünscht, daß Ihr »hundert Jahre« alt werdet.

Wir hoffen, daß die Lage in den nächsten Tagen endlich etwas ruhiger wird, dann werden wir versuchen, die Büros wieder zu öffnen. Im Moment ist das ganz unmöglich, denn auch die Telefone von Sarajewo funktionieren nicht ohne Strom. Alles ist verlassen und kalt. Übrigens ist Irfan Durmic, der Direktor der Elektrizitätswerke, in den letzten Monaten die berühmteste Persönlichkeit in den Massenmedien. Alle hören selbst fünfmal am Tag seine Berichte über die Reparaturarbeiten an den elektrischen Leitungen. Sogar General Morillon und die Mitteilungen aus Genf werden dann zweitrangig. In den Räumen herrscht nur dann Grabesstille, wenn Irfan Durmic spricht!!!

Nachdem ich nun endlich die langersehnte Möglichkeit habe, Euch einen Brief zukommen zu lassen, möchte ich Euch so viel sagen, daß sich meine Gedanken überschlagen und ich auf einmal gar nichts mehr weiß. In Gedanken schreibe ich Euch oft und rede mit Euch, aber wenn ich dann den Stift in die Hand nehme und versuche, Ordnung in das Chaos in meinem Kopf zu bringen, ist alles viel schwieriger. Die Hauptsache ist, daß wir uns alle gern haben und uns gegenseitig unterstützen. So wird es uns gelingen, diesen seltsamen Tagen einen Sinn zu geben und sie etwas angenehmer zu machen.

Ich wünschte, ich könnte Euch davon überzeugen, daß es uns gutgeht, daß wir auf uns auspassen, vorsichtig sind und ganz gut zurechtkommen.

Gewiß ist es nicht leicht, aber wir hoffen, daß es bald vorbei ist.

Wenn man sich umschaut und feststellt, daß alle gleich

sind und alle im selben Boot sitzen, kann man Schwierigkeiten leichter und einfacher überwinden.

In Sarajewo versuchen zur Zeit alle, sich gegenseitig zu helfen, und das ist das Allerschönste.

Es ist überflüssig, Euch zu sagen, wie sehr Ihr uns fehlt. Ich mag besonders die Samstage und Sonntage, weil ich mir an diesen Tagen die Umgebung vorstellen kann, in der Ihr Euch bewegt. All das muß bald aufhören, und dann werden wir Zeit haben, über alles zu sprechen.

Und viele Dinge, hoffe ich, werden dann vergessen sein..

Paßt auf Euch auf, und gebt unsedrem geliebten Zlatan jedesmal einen Kuß, wenn Ihr an uns denkt.

Ich umarme Euch, ich habe Euch sehr lieb.
Eure Anjsja

Sarajewo, 18. Dezember 1992

Liebe Selvia,
als ich Deinen Brief erhielt, war ich sehr überrascht, denn seit acht Monaten hatte ich nichts mehr von Dir gehört. Ich habe ihn geöffnet und, glaube mir, konnte ihn nicht lesen, weil mir die Tränen in den Augen standen. Es war enttäuschend zu lesen, daß Ihr nie etwas von mir erhalten habt, obwohl ich Euch wenigstens sieben oder acht Briefe geschrieben habe und jeden, der aus Sarajewo herauskonnte, gebeten habe, sie mitzunehmen und irgendwo aufzugeben. Auch über den Rundfunk habe ich eine Nachricht geschickt. Was uns betrifft, so leben wir noch alle, und das ist das Wichtigste in dieser Hölle. Wir leben in den Tag hinein und sind jedesmal froh, wenn wieder ein Tag vorbei ist und wir überlebt haben. Die Tage sind alle gleich, wir zählen sie nicht mehr und merken nicht, daß sie ziellos verstreichen und wir nichts tun. Jeder denkt nur daran, seinen Kopf zu retten, denn der ist hier

sehr wenig wert: gerade das, was eine Kugel kostet. Und in unserer Stadt fliegen so viele Kugeln herum, daß man glauben könnte, es wären Vogelscharen; sie fliegen über jedes Gebäude, über jeden Fußgängerweg. Man merkt gar nicht richtig, wie die Tage vergehen, ständig lauscht man, ob irgendwo bombardiert wird, fragt sich, wie stark wohl die Zerstörung sein mag, und am Abend fassen wir die Ereignisse des Tages mit lauter Stimme zusammen. Dann machen wir einen Gedankenstrich und sagen uns ganz leise, daß wir noch einmal davongekommen sind. Das Schlimmste ist, daß es kein Wasser und keinen Strom gibt. Man kann sich nicht waschen und nicht kochen. Kleider werden in kaltem Wasser gewaschen, wenn wir etwas finden, gebügelt werden sie nicht. Die Stadt sieht gespenstisch aus, es gibt nicht ein einziges Geschäft, keinen Supermarkt. Wir werden von innen ausgehöhlt. Man nimmt jetzt alles, was man finden kann, um ein kleines Feuer zu machen: Bänke, Tische, Stühle, Balken aus zerstörten Häusern, Regale aus Geschäften, alte Möbel, Bäume aus den Parks und Alleen. Doch sorgt Euch nicht um uns, denn wir sind nicht alleine in dieser Situation. Wir sitzen alle im selben Boot, und das macht uns Mut. Alle zusammen hoffen wir, daß bald bessere Zeiten kommen.

Denk an uns und vergiß uns nicht!
Seka

WINTER
1992/93

Please
STOP the War
in Croatia and Bosnia!

Winter 1992/93

Dezember 1992
Erste Kältewelle in Sarajewo: Unter den Opfern sind viele alte Menschen aus dem Altersheim in Nedzarici. Die Temperaturen erreichen 20 Grad minus. Die Stadt ist immer noch ohne Wasser, Licht, Gas und Telefonverbindung.

Dezember 1992/Januar 1993
In Genf wird der ›Vance-Owen-Plan‹ vorgelegt. Er sieht die Einteilung von Bosnien und Herzegowina in zehn Provinzen vor. Während Kroaten und Bosnier dem Plan in seiner Gesamtheit zustimmen, akzeptieren die Moslems lediglich seine verfassungsrechtlichen Grundsätze. Die gleiche Verlautbarung kommt vom Parlament der einseitig ausgerufenen Serbischen Republik in Pale.

9. Januar 1993
Der Vizepräsident der bosnischen Regierung, Hakija Turajlic, wird in einem gepanzerten Fahrzeug der UNO erschossen.

9./10. Januar 1993
Bei einer ökumenischen Zusammenkunft in Assisi/Italien werden die in Bosnien und Herzegowina verübten Greueltaten verurteilt. Der Papst zelebriert eine Messe für Bosnien und Herzegowina.

Januar 1993
Kampfhandlungen zwischen kroatischen und moslemischen Einheiten in Zentralbosnien.

3. Februar 1993
Besuch des italienischen Außenministers Emilio Colombo in Sarajewo.

14. Februar 1993
Von Ancona (Falconara)/Italien aus starten Hilfsflüge nach Sarajewo. Die alte Luftbrücke – von Zagreb aus – war aufgrund der Kampfhandlungen in Nordbosnien zu unsicher geworden.

16./17. Februar 1993
Auf dem Filmfestival in Berlin wird der Dokumentarfilm ›Un jour dans la mort de Sarajevo‹ von Bernard Henry-Levy vorgestellt.

Februar 1993
Der ›Vance-Owen-Plan‹ wird in New York von den USA abgelehnt. Sie legen einen neuen Sechs-Punkte-Plan vor.

1. März 1993
Unter dem Schutz der UNO beginnen die USA mit dem Fallschirmabwurf von Hilfsgütern über den belagerten Ortschaften in Ostbosnien.

Sarajewo, 20. Dezember 1992

Meine Lieben,
ich weiß nicht, was Euch die anderen Familienmitglieder schreiben.

Ich bin immer zu Hause und kann Euch nur einen meiner ›Arbeits‹-Tage beschreiben.

Der Tag beginnt mit Dunkelheit und die Nacht mit Licht. Das ist keine Allegorie, denn wir gehen um 7 Uhr abends ins Bett und stehen morgens um 5 Uhr auf, klar, daß es dann noch dunkel ist. Während des Abendessens um 15 Uhr wird es dunkel. Die wenigen Stunden, in denen es hell ist, verbringen wir damit, das Essen zuzubereiten, Wasser und Kerzen zu besorgen usw. Mittags hetzt man sich ab, um einen ›Platz‹ auf dem Gemeinschaftsofen zu ergattern. Vor ein paar Tagen habe ich nicht weniger als 9 Töpfe gezählt. Es wohnen jetzt tatsächlich 9 Personen im Haus, Freunde, die zu Besuch kommen, sind dabei nicht berücksichtigt. Niemand zieht sich mehr die Schuhe aus, ich kann mich schon gar nicht mehr daran erinnern, wie unser roter Teppich einmal ausgesehen hat. Weißt Du, der, der mir immer so gut gefallen hat!

Wenn man am Gemeinschaftsherd steht, beginnen die Diskussionen, man berät über strategische Fragen, kritisiert kühn die Nutzlosigkeit und Verspätung der diplomatischen Bemühungen, und dabei passiert es ab und zu, daß das bißchen Essen, das man gefunden hat, noch anbrennt.

Ich muß Euch sagen, daß es mir um die Bäume im Garten sehr leid tut, doch ich tröste mich damit, daß ich alle Vorbereitungen für die Anlage eines Gemüsegartens getroffen habe. Großmutter und ich sind ständig im Haus, wir gehen nur aus, wenn es unumgänglich ist. So haben wir natürlich viel Zeit zum ›Streiten‹. Nachrichten hören wir mit einem kleinen Radio, das an die Autobatterie angeschlossen ist, andere Batterien gibt es nicht mehr. Eure Großmutter backt ein köstliches Schwarzbrot mit Kleie; man sagt, es wäre sehr gut für den Stoffwechsel. Ich schreibe Euch beim Schein einer Öllampe, die im Gegensatz zu den Stearinkerzen, an denen ich mir die Finger verbrannt habe, sehr gut leuchtet.

Was mir zur Zeit am meisten fehlt, sind rote Zwiebeln; unsere Mahlzeiten sind sehr ›leicht‹. Vor ein paar Tagen sah ich das Foto eines Mannes, der geräucherten Speck aß, und ich mußte an mich selber denken und daran, wie dumm ich war, so fett zu essen.

Meine Lieben, mehr kann ich nicht schreiben, denn mir beschlägt die Brille, im Zimmer hat es 15 Grad, das ist schon sehr viel für unsere Verhältnisse.

Ich liebe Euch alle.
Euer Großvater

Sarajewo, 20. Dezember 1992

Liebe Laura,
ich habe mich hingesetzt, um Dir ein paar Zeilen zu schreiben. Ich langweile mich hier. Meine Zeit verbringe ich in einem dunklen Keller sitzend. Draußen wird geschossen, und ständig müssen Jungen und Mädchen unseres Alters sterben. Gegenüber Deiner Großmutter Mina wohnt jetzt eine Cousine von mir, und wenn ich ab und zu herauskann, gehe ich sie besuchen. Deine Großmutter Mina ist gefallen und hat sich den Arm gebrochen. Doch jetzt geht es ihr besser, und sie erzählt mir immer von Dir.

Wir haben kein Licht, aber ab und zu gibt es Wasser.

Lejla und Selma leben nicht mehr, sie wurden von einer Granate getötet.

Meine kleine Hündin Hajdi ist sehr traurig und hat viel an Gewicht verloren. Auch mein Großvater ist gestorben. Aber uns geht es verhältnismäßig gut.

Ich möchte Dich bitten, mir einen Brief zu schreiben und ein Bild von Dir hineinzulegen, denn ich würde mich sehr freuen, Dich wenigstens so wiederzusehen. Vielleicht findest Du jemanden, der mir den Brief irgendwie bringen kann. Grüße Deine Familie von mir, ich umarme Dich.

Schreib mir!

Amra

Sarajewo, 20. Dezember 1992

Meine Lieben,
dies ist der vierte Brief, den ich Euch schreibe, und nie habe ich eine Antwort bekommen. Ich weiß nichts mehr von Euch. Ich weiß nicht, ob Ihr die Briefe bekommen habt, wie es Euch geht und ob Ihr noch in Rimini seid. Die Journalisten, denen ich die Briefe gegeben habe, versprachen mir, sie aus Sarajewo herauszubringen und dafür zu sorgen, daß Ihr sie bekommt, aber vielleicht habt Ihr eine neue Adresse. Ich habe Euch geschrieben, weil ich Euch mitteilen wollte, daß Großmutter am 22. September gestorben ist. In ihren letzten Tagen sprach sie immer nur von Euch und war sehr traurig, weil Ihr nicht da wart. Die Lage hier hat sich nicht verändert, wir sind immer noch eingeschlossen, Gefangene in der Stadt, und ringsherum wird geschossen. Nun ist noch eine weitere Schwierigkeit hinzugekommen: der Winter. In den Keller können wir nicht mehr gehen, weil er voller Mäuse ist... es ist jetzt ihr Reich.

Die Kälte ist unerträglich. Ich kann Euch gar nicht sagen, wie sehr Ihr mir fehlt. Ich denke ständig an Euch und weiß nicht, ob das auf Gegenseitigkeit beruht. Azra, Du hast uns sehr gefehlt, als Großmutter starb. Wir haben es geschafft, ihr ein Begräbnis zu geben, obwohl hier alles so schwierig ist und wir keinen Sarg finden konnten. Wir haben sie in der Moschee in der Nähe unseres Hauses begraben. Amur und Tania, ich bitte Euch, seid lieb zu Mama. Das ist das größte Geschenk, das Ihr Eurem Vater machen könnt. Azra, ich bitte Dich, bring Deinen kleinen Brüdern unsere Muttersprache bei. Sieh zu, daß sie sie nicht vergessen, auch wenn sie in einem Land aufwachsen, in dem Italienisch gesprochen wird.

Mit jedem Tag, der vergeht, erinnere ich mich deutlicher an Euch, und jeden Tag habe ich mehr Sehnsucht nach

Euch. Ich wünsche Euch alles Gute für die Weihnachtsfeiertage und das neue Jahr. Ich kann es nicht erwarten, daß all dies ein Ende hat.

Euer Papa

Sarajewo, 21. Dezember 1992

Liebe Frau...,
es ist das erstemal, daß ich die Möglichkeit habe, Ihnen zu schreiben. Ein Fernsehteam von ›Antenne 2‹ hat in der verlassenen Universität mit ihren zerstörten Hörsälen und zerbrochenen Fenstern, bei Temperaturen von 3 Grad minus einen Film über unsere Abteilung für romanische Sprachen gedreht. Aber all das ist nur scheinbar die Realität. Die ist leider viel, viel trauriger. Heute morgen bei Sonnenaufgang lagen die Temperaturen bei 13 Grad minus. Die Stadt ist ohne Wasser, Heizung und Strom. Schon in den ersten Stunden nach Sonnenaufgang sieht man Umrisse von menschlichen Lebewesen, ehemalige Männer, ehemalige Frauen, die einmal Europäer waren, im Halbdunkeln nach etwas Wasser und ein paar Stückchen Holz suchen. Parks und öffentliche Anlagen gibt es nicht mehr: Dort, wo einmal schöne Gärten waren, sind nun trostlose Flächen, auf denen nur noch Baumstümpfe stehen. Warum ist das so? Weil einige Leute für sich das Recht beanspruchen, wie Hannah Arendt sagt: »...zu entscheiden, wer auf diesem Planeten leben darf und wer nicht«?

Was ist nur aus unseren Freunden und Brüdern geworden?

Was mich betrifft, so ist mir nichts geblieben. Weder meine Wohnung noch meine Bibliothek mit 5000 Bänden, die ich buchstäblich geliebt habe und auf die ich sehr stolz war. Manchmal passiert es, daß ich träume, in meiner Bibliothek zu sein und in meinen Büchern zu blättern, die sich bei den mir so wohlbekannten Seiten öffnen.

Denn: ›Kein Schmerz ist größer, als der, wenn man sich in der Not an glückliche Zeiten erinnert‹, wie Dante sagt. Ich erinnere mich an all die Tage, die ich bei der Inalco und in der Universitätsstadt verbracht habe, deren Welt mir heute unwirklich erscheint. Das ist etwas aus einer anderen Zeit, denn inzwischen sind 24 Millionen Kilo Eisen, Stahl und Sprengstoff auf Sarajewo niedergegangen.

Und dennoch leben wir, leben sehr intensiv, als ob sich unser ganzes Leben auf einige schreckliche und zugleich erhabene Monate konzentriert hätte. In Gedanken an die Ankunft der Juden in Bosnien haben wir unseren ›Sepharad 92‹ organisiert und den 500. Jahrestag ohne Prunk, aber würdevoll begangen.

Wir haben keinen Strom, nur Lämpchen beleuchten trostlos unsere kalten Zimmer. Ich bin zwar kein Mediävist, doch ich muß arbeiten wie ein Mönch im Mittelalter. Trotz allem schreiben wir. In unserer Traurigkeit gibt es Momente äußerster Glückseligkeit, weil wir uns unseres Daseins bewußt sind, das durch das, was um uns herum geschieht, ständig in Todesgefahr ist.

Ich wohne jetzt in einer kleinen Wohnung, die von Schüssen durchlöchert ist und Spuren von Raketeneinschlägen trägt. Eine jüdische Familie hat sie mir für einige Zeit überlassen. Alles, was ich auf meinem Körper trage und was mich umgibt, haben mir andere geliehen. Um so besser: omnia mea mecum porto!

Mein Buch ist endlich gedruckt worden, und ich habe ein Exemplar für Sie und Herrn... Es würde mich sehr freuen, wenn ich eines Tages wieder bei der Inalco und an Ihrem Institut unterrichten könnte. Können Sie bei den zuständigen Leuten ein gutes Wort für mich einlegen? Vanitas vanitatum! Ich habe so viel von mir erzählt und ganz vergessen zu fragen, wie es Ihnen geht. In dieser festlichen

Zeit wünsche ich Ihnen ein glückliches Weihnachtsfest und sende Ihnen meine besten Wünsche für das neue Jahr, das schon vor der Tür steht, auf daß alle Ihre Wünsche in Erfüllung gehen.

Immer Ihr...

Sarajewo, 23. Dezember 1992

An unseren allerliebsten Schatz:
Wir haben uns alle zusammengesetzt, um Dir diesen Brief zu schreiben und Dir zu sagen, daß es uns im Augenblick allen recht gut geht. Papa und Opa haben zwar sehr abgenommen, aber das ist nicht so schlimm. Dein Vater wiegt nur noch 66 Kilo und sieht aus wie ein junger Mann. Weißt Du, Dein Vater ist jetzt Wachtposten in Stup, in der Nähe vom Haus Bruno, da kannst Du bei Deinen Mailänder Freunden damit angeben, daß Dein Vater ein Held ist. Er kommt alle zwei bis drei Tage nach Hause und bringt Holz und Kohlen mit, und wenn er ankommt, sieht er aus wie ›Der Mann, der in der Sonne erfroren ist‹ aus dem Märchen. Er läßt sich gerade einen Bart wachsen. Ansonsten hat er sich überhaupt nicht verändert. Wenn er nach Hause kommt, stürmen wir alle auf ihn ein und überschütten ihn mit Fragen, und er antwortet etwas unwillig, daß in Stup alles ruhig ist, daß nicht geschossen wird und daß das einzige Problem darin liegt, daß es zu wenig zu essen gibt. Wie Du siehst, brauchst Du Dir keine Sorgen um ihn zu machen, er ist ganz der alte geblieben.

Mama geht es gut, sie hat nicht abgenommen, weil ich und sie immer am meisten essen. Sie ist eine tolle Köchin geworden. Mit einer Dose Fleisch und einem Pfund Nudeln zaubert sie ein Essen, mit dem wir drei Tage lang auskommen. Das einzige, was sie mir nicht machen wollte, war ›Pita‹. Wir haben sie zehn Tage lang darum gebeten, und dann hat sie sich endlich erweichen lassen; Ado und ich haben alles aufgegessen. Hier gibt es keinen Strom und kein Wasser, aber was das Wasser anbelangt, schaffen wir es ganz gut, weil das einzige Wasser, das es in der ganzen Gegend von Alipasin gibt, das in unserem Keller ist. So brauchen wir nichts weiter zu tun, als hinunterzugehen und es zu holen. Ich habe vergessen, Dir zu sagen, daß Mama viele Nachbarinnen hat und daß sie die Tage zusammen verbringen. Manchmal weint sie etwas, dann beruhigt sie sich wieder. Für Opa ist es schwieriger. Er ist immer alleine. Er macht das Feuer an; wir haben ihn ›Chefheizer‹ getauft, weil er am besten von allen ist. Ich habe vergessen, Dir eine große Neuigkeit zu schreiben: Amira, Mirza und Zijada sind aus dem Kindererholungsheim zurück. Eso hat sie abgeholt, und so ist es ihnen gelungen, die Straße zum Flughafen zu passieren. Es geht ihnen gut, denn im Kindererholungsheim hatten sie es viel besser als hier.

Ich habe Dir alles geschrieben, nur von mir habe ich nichts erzählt, aber jetzt habe ich keine Zeit mehr, weil jetzt meine ›Schicht‹ anfängt. Seitdem Papa nicht mehr da ist, bin ich das ›Familienoberhaupt‹. Nur, mir folgt keiner. Meine Aufgabe ist es, Wasser und Holz zu holen. Manchmal spiele ich Gitarre; ich bin sehr gut geworden. Wenn Du in Mailand fernsiehst, kannst Du mich vielleicht sehen (das sollte ein Scherz sein). Wenn Du zurückkommst, bringe ich auch Dir Gitarrespielen bei. Manchmal gehe ich aus, aber jetzt, wo es kalt ist, nicht mehr so oft. Das Schönste, was ich erlebt habe, seitdem der Krieg ausgebrochen ist, war der Geburtstag von Sanella. Es gab zu essen und zu trinken. Wir haben Akkordeon gespielt und getanzt. Es war super.

Jetzt will ich Dir schreiben, wie wir an das Holz gekommen sind: Für fünfzig deutsche Mark haben wir von einer alten Frau zehn Zwetschengenbäume gekauft, und mit Mamas Hilfe haben wir sie gefällt.

Jetzt weiß ich wirklich nichts mehr zu schreiben. Mach Dir

keine Sorgen um uns, lern fleißig, vergnüg Dich und vergiß nicht, was für ein Glück Du hast, daß Du in Sicherheit bist.

Wenn Du kannst, schreib uns, wie es in der Schule geht und ob Du Dich mit Deinen neuen Freunden verstehst.

Wir haben Dich alle lieb.
Dein Bruder Ole, Papa, Mama und Opa

Sarajewo, 26. Dezember 1992

Liebe Tante,
wir konnten Dir lange nicht schreiben, weil gar nichts mehr hinaus- oder hereinkam. Der Flughafen war geschlossen und auch der Zugang über das Städtchen Kiselijak, wo heftig gekämpft wurde. Und das bedeutete, daß nicht einmal ein Gramm Nahrung nach Sarajewo hereinkam. Für uns ist es unvorstellbar, daß uns niemand hilft, wir können das einfach nicht glauben. Sie schießen von allen Seiten, und auch die, die ›dir helfen‹, bestrafen dich, weil sie nichts zu essen bringen. Aber hier gibt es keine Vernunft und keinen gesunden Menschenverstand mehr, und man nimmt alles hin, weil man keine Wahl hat, und weil wir inzwischen wissen, daß alles einfach so weitergeht. An unserer Lage hier ändert sich nichts, und das Schlimmste für uns ist, daß sich nichts tut. Wir sind schon seit drei Wochen ohne Wasser und ohne Strom. Schrecklich. Im Sommer hat man das weniger gemerkt, weil es warm war und länger hell, aber jetzt ist es sehr kalt. Man spürt die Kälte bis in die Knochen, auch wenn man im Haus drei Pullover, drei Paar Strümpfe und drei Hosen übereinander anzieht. Wie kopflos laufen, oder vielmehr rennen die Menschen durch die Stadt, ausgerüstet mit Behältern und Taschen, auf der Suche nach Wasser und Holz. Man achtet schon nicht mehr auf die Granaten, die ringsherum einschlagen, oder auf die Kugeln der Scharfschützen, weil

unsere Gedanken sich einzig und allein darum drehen, wie wir etwas zum Essen oder zum Heizen bekommen. Inzwischen sind schon alle Bäume in der Stadt, in den Parks, in den Straßen und auf den Friedhöfen gefällt worden, und so werden wir nicht nur bombardiert, und unsere Häuser gehen in Flammen auf, sondern wir haben auch keine Bäume mehr. Und niemand rührt einen Finger. Die Alten und die Kinder in den Krankenhäusern leiden sehr unter der Kälte, denn es gibt nicht einmal für sie genügend Decken. Schrecklich. Schrecklich.

Manchmal glaube ich, daß ich verrückt werde, und ich frage mich, woher die anderen die Kraft nehmen weiterzumachen...

Sarajewo, 28. Dezember 1992

Lieber Opa, Tante, Tante und Jasmina,
Wie geht es Euch? Uns geht es gut. Lieber Opa, ich und Sanja können es kaum erwarten, Dich wiederzusehen. Wir haben Dich ganz, ganz lieb. Ihr habt's gut, daß Ihr da wohnt, wo Frieden ist!

Wo sind nur die schönen Zeiten hin? Wer hätte gedacht, daß es Krieg gibt und daß wir uns schreiben müssen? Wie geht es Jasmina?

Opa, wann werden wir wieder zusammen spazierengehen? Ich kann es kaum erwarten, Dich wiederzusehen. Sanja ist gewachsen und hat gelernt, das Alphabet und die Zahlen zu schreiben; sie kann auch schon ein bißchen lesen. Sie hat ihren ersten Zahn verloren. Wir sind sehr froh, daß Du es geschafft hast, aus Banja Luka rauszukommen. Komm bitte bei der ersten Gelegenheit hierher, denn wir warten mit Freude und Ungeduld auf Dich.

Wenn Ihr könnt, dann schickt uns ein Päckchen, weil wir Hunger haben.

Wir wünschen Euch ein schönes neues Jahr. Wir wünschen auch Jasmina einen schönen Geburtstag in Frieden und nicht, wie bei uns, im Krieg.

Tschüß, wir haben Dich lieb.
Maja und Sanja
10 Jahre 4 Jahre

Sarajewo, 1. Januar 1993

Lieber Papa, Jasmin, Vesna und Jasmina,
wie Du siehst, haben wir das neue Jahr im Krieg begonnen. Beten wir zu Gott und bitten wir ihn, daß wir kein Jahr mehr so anfangen müssen.

Es war furchtbar ohne Dich, Papa, und all die anderen und ohne Strom und ohne Wasser. Sicher habt Ihr Silvester fröhlicher verbracht als wir, trotz der Sorgen um uns. Macht Euch keine Sorgen: Gott sei Dank geht es uns noch ganz gut. Wir haben uns Holz besorgt, und so haben wir es wenigstens warm. Jasminska ist mit den Kindern in ihre Wohnung nach Dobrinja gegangen, und sie heizen mit Dieselöl. Wir haben das Paket von Azra nicht bekommen, und wir wissen auch nicht, wo wir es suchen sollen. Wenn Ihr könnt, schickt uns ein Päckchen. Wir haben Euch alle sehr lieb.

Seka und Oma

Auch Mama wollte ein paar Zeilen schreiben:
Lieber Jasmin, mein lieber Sohn,
hier ist es sehr schwer, besonders für uns Alte, aber hoffen wir, daß wenigstens die Jungen durchhalten. Ich habe drei Monate lang mit Deiner Schwester im Keller geschlafen. Im Keller war es oft sehr still. Eine tödliche Stille. Voller Angst hörten wir die Schüsse, und unsere Herzen schlugen heftig,

immer heftiger. Nicht vor Freude, sondern voller Traurigkeit. Unsere Herzen weinten, aber die Tränen sah man nicht. Ab und zu hörte man in der Stille das Schluchzen eines Kindes.

Mein lieber Sohn, es ist sehr kalt, und ich weiß nicht, ob ich das überstehe, denn ich bin sehr schwach geworden und wiege nur noch 48 Kilo.

Lieber Jasmin, ich weiß nicht, ob wir uns je wiedersehen werden, und wenn das nicht der Fall sein soll, verzeih mir bitte, wenn ich Dir manchmal weh getan habe.

Denk an Deine Schwester und vergiß sie nicht, denn sie wollte bei mir bleiben, um mir zu helfen, und von Euch jungen Leuten hat sie am meisten gelitten.

Lieber Jasmin, schick uns kein Geld, denn wir haben genug, und jetzt, wo auch Papa bei Euch ist, werdet Ihr es brauchen.

Ich grüße und umarme Euch alle!
Mama Fika

Sarajewo, 2. Januar 1993

Liebe Cousinen und Nichten,
ein englischer Journalist hat meinen Brief mitgenommen. Er fährt nach Belgrad und hat mir gesagt, daß er versuchen wird, ihn Euch nach Mailand zu schicken. Hier ist alles wie gehabt. Es wird immer kälter, und auf den Hügeln wird jetzt nur wenig geschossen, aber Ihr wißt ja, was ›wenig‹ heißt. Wir bekommen nur ein Kilo Brot in der Woche, und so habe ich versucht, aus dem Boiler einen Backofen zu machen. Aber dazu muß man Holz finden. Eure Tante, die ja sehr kräftig war, ist nur noch die Hälfte, und ich habe Angst, daß sie durch all diese Bombenangriffe und all den Schrecken ihren Verstand verloren hat. Wenn ich nämlich morgens aus dem Haus gehe, um Holz zu suchen, kniet sie sich vor die Türe, und wenn ich am Abend nach Hause komme, finde ich sie

noch in derselben Stellung vor. Der nächste Ort, um Wasser zu bekommen, ist drei Kilometer entfernt, und man muß sich im Morgengrauen anstellen, um ein wenig zu ergattern, und so bin ich Stunden unterwegs. Aber was sollen wir machen? Wir sind so alt, und auch wenn wir hier weggehen könnten, wo sollten wir hin? Wo könnten wir leben? Wir haben kein Geld mehr, wir können nicht arbeiten, worauf sollen wir hoffen?

Manchmal, wenn ich nach Holz suche, verstecke ich mich stundenlang in den Trümmern und warte, bis die stärkeren und jüngeren Leute wieder weg sind, weil ich mit ihnen nicht mithalten kann. Dann sammle ich auf, was sie liegengelassen haben, und denke daran, daß ich vor diesem Krieg eine gute Arbeit hatte und ein respektables Leben führte und daß ich jetzt nur noch ein alter Mann bin, der im Müll wühlt. Dann segne ich meine Schwester, die zwei Töchter auf die Welt gebracht hat, die sich ein Leben in Italien aufgebaut haben und gerettet sind ...

Laßt es Euch gutgehen,
ich umarme Euch!
Opa Nermin

Sarajewo, 6. Januar 1993

Liebe Laura,
ich gratuliere Dir herzlich zum Geburtstag und nutze die Gelegenheit, Dir diesen Brief zu schreiben. Vor ein paar Tagen habe ich Dir einen Brief geschickt, aber ich weiß nicht, ob Du ihn erhalten hast. Ich gehe fast jeden Tag zu meiner Cousine, die gegenüber von Deiner Oma Mina wohnt. Wie hast Du Silvester verbracht? Ich, so wie jeden anderen Tag. Wie Du wahrscheinlich schon weißt, trauern wir um meine Cousine (sie war 12 Jahre alt), die, wie ich Dir schon gesagt habe,

von einer Granate getötet wurde. Du hast sie ja gut gekannt, weil wir immer zusammen gespielt haben, wenn Du nach Sarajewo gekommen bist.

Deshalb konnten wir nicht Silvester feiern. Hier hat sich die Situation etwas beruhigt. Es ist nicht mehr so wie an den vergangenen Tagen.

Wie geht es Dir in der Schule? In Sarajewo geht niemand mehr in die Schule, und ich muß zugeben, sie fehlt mir ein wenig. Ich würde Dich so gerne wiedersehen, aber ich glaube nicht mehr daran. Im Moment schneit es hier. Jetzt kommt der richtige Winter. Die Leute fällen die Bäume in der Stadt, damit sie Feuer machen, sich wärmen und etwas kochen können. Wer weiß, wann wir wieder zusammen ›Cevapcici‹ essen gehen werden. Und wann wir wieder zusammen losziehen werden, um den Bedürftigen zum Bairamfest ›Kurban‹ zu bringen...

15. Januar 1993

Liebe Laura,
nachdem ich den Brief noch nicht abgeschickt habe, will ich noch ein paar Zeilen hinzufügen. Die Situation hier in Sarajewo wird überhaupt nicht besser, sie schießen jetzt wieder sehr viel. Ich gehe aber nicht mehr in den Keller. Aus dem Haus gehe ich fast gar nicht mehr, nur manchmal zu den Nachbarn, weil ich Angst vor den Granaten habe. Ab und zu besuche ich meine Cousine, die ein Kind bekommen hat (es heißt Nadia) und gegenüber von Deiner Oma Mina wohnt. Deiner Oma Mina geht es gut. Sie hat mir Deine Fotos gezeigt. Ich würde mich sehr freuen, wenn Du mir ein Foto von Dir schicken könntest. Ich werde versuchen, Dir eines von mir zu schicken, sobald es möglich ist, eines entwickeln zu lassen (das geht nicht, weil es in Sarajewo keinen Strom gibt). Vor ein paar Tagen haben wir einen Brief von meinem Bru-

der aus Malaysia bekommen. Er ist dort zum Studium, weil er ein Stipendium bekommen hat. Wir haben uns alle sehr gefreut.

Meiner Familie geht es gut, was ich auch von Deiner hoffe. Ich habe Dich sehr lieb und schicke Dir viele liebe Grüße.

Amra Foco

Sarajewo, 7. Januar 1993

Liebe Maco,
sollte dieser Brief Dich je erreichen, so will ich Dir sagen, daß Du Dir keine Sorgen um uns machen sollst. Irgendwie schaffen wir es schon. Igor und Tano schaffen es immer wieder, uns etwas zu essen zu bringen, und das deutsche Geld, das ich für schwere Zeiten zurückgelegt habe, hat uns ein wenig geholfen, obwohl die Preise auf dem Schwarzmarkt erschreckend hoch sind und niemand weiß, ob die Zeiten nicht noch schwerer werden. Was die Heizung anbelangt, haben wir es geschafft, uns auch ohne Strom zu arrangieren, weil wir den Ofen auf Dieselöl umgestellt haben. Man sagt, das sei gefährlich, aber hier ist jede Minute gefährlich, und letztendlich denkt man nur daran, wie man die nächsten Stunden ohne zu viel Kälte und Feuchtigkeit überlebt. Heute haben wir 15 Grad minus. Wir fürchten uns auch davor, Hepatitis, Typhus, Läuse oder die Krätze usw. zu bekommen. Was soll ich Dir noch sagen. Ich erinnere mich an den Zweiten Weltkrieg, aber das war gar nichts verglichen damit. Meine größte Sorge gilt Zoran. Er hat 30 Kilo abgenommen und ist völlig verängstigt, sein eigener Schatten erschreckt ihn, denn hier ist es wie im Wilden Westen: Man kann umbringen, wen man will, und keiner mißt dem Bedeutung bei. Er bewegt sich den ganzen Tag nicht und träumt nur davon, aus Sarajewo rauszukommen. Tano und ich hätten vielleicht die Möglichkeit,

mit Hilfe der jüdischen Gemeinde wegzukommen, aber dann könnten wir nie mehr zurückkommen, denn sobald man weg ist, bezieht ein anderer das Haus. Deshalb haben wir beschlossen, zu bleiben und unser Schicksal in Gottes Hand zu legen. Das Wichtigste für mich ist, daß Cole und Zoran gerettet werden, vor allem Zoran, weil es ihm sehr schlecht geht. Cole arbeitet und hat eine hübsche Freundin, eine Pharmaziestudentin.

Liebe Maco, wenn Du uns helfen willst, dann lege ein paar Lire auf die Seite, denn wenn wir überleben sollten, werden wir arm wie die Kirchenmäuse sein, verhungert, verdurstet, nackt und barfuß. Ab und zu kommt Mira zu uns, die Tochter von Fule, um sich aufzuwärmen und eine Mehlsuppe zu essen, denn sie haben nichts mehr, womit sie sich wärmen könnten. Sie haben schon den Schreibtisch, die Hocker und sogar das Klavier zum Feuern in den Ofen geworfen. Ihre Wohnung wurde von zwei Bomben getroffen. Da ist ihre Familie weggegangen, und sie ist alleine zurückgeblieben. Von Cana hören wir ab und zu etwas. Sie wohnt in einer sehr häßlichen Gegend: am Pero Kosoric-Platz, wo alle Hochhäuser abgebrannt sind. Die Wohnung von Paula gibt es nicht mehr, und sie ist jetzt bei Ifeta, um gesund zu werden. Ich möchte Dich nicht langweilen mit all diesen Dingen, aber ich würde Dir noch gerne viel erzählen. Am Sonntag habe ich Zoran besucht, denn er hat Angst, zu mir zu kommen, wo es gefährlicher ist. Ich war zwei oder drei Stunden bei ihnen, dann sind wir zusammen zu einem Mann gegangen, der in einem kleinen Haus wohnt und der einen Ofen hat, auf dem man kochen kann. Ifeta hat für alle gekocht, dann habe ich mich auf den Heimweg gemacht. Kurz nachdem ich sie verlassen hatte, haben sie von Trebevic aus angefangen zu schießen, zuerst Gewehre und dann Granaten. Während ich an Coles Haus vorbeiging, ist eine Granate 10 Meter von mir entfernt explodiert. Ich wollte in einem der Häuser Schutz suchen, aber alle Türen waren verschlossen. In meiner Verzweiflung wollte ich eine der Türen eintreten, aber ich habe es nicht geschafft. Dann bin ich immer schneller gelaufen, und als ich vor meinem Haus ankam, habe ich gesehen, daß eine Granate die Polizeistation getroffen hat. Als ich ins Haus reinkam, haben sie mir Zuckerwasser gegeben, damit ich mich von meiner Angst und Erschöpfung erholen konnte. Als ich gestern unterwegs war, um die UNO-Hilfsgüter abzuholen, habe ich gesehen, daß die letzten Bäume gefällt worden sind. Jetzt ist unser schöner Park nackt.

Mach Dir keine Gedanken, wenn ich von Hilfsgütern spreche, inzwischen leben wir alle nur noch davon, und alle holen sie sich, auch der ehemalige Präsident Mihulic, auch Kurtavic. Sogar Neno Jurin geht zur Caritas, denn heute sind wir alle bedürftig.

Wir haben Dich alle sehr gern, liebe Maco, und der Gedanke, daß Du das Glück hattest, hier wegzugehen und das nicht alles miterleben zu müssen, macht uns froh.

Viele Grüße an Euch alle
Eure Nada

Sarajewo, 15. Januar 1993

Liebe Zlatko, Gordana, Una und Jasna,
als wir Euren Brief vom 28. Dezember erhalten haben, waren wir sehr glücklich zu hören, wo Ihr seid und daß es Euch gutgeht. Wir haben auch das französische Päckchen bekommen und zwar genau im richtigen Augenblick, denn wir hatten nur noch ein wenig Reis im Haus.

Zlatko, hast Du Arbeit gefunden? Wovon lebt Ihr? Kommt Ihr zurecht?

Uns drei geht es gut. Mama kommt jeden Morgen und trinkt mit uns Kaffee, dann eilt sie wieder in den Schutzraum. Sie schläft dort mit Kemo. Es ist sehr kalt. Die Berge um Sarajewo sind mit Schnee bedeckt, und in dem Schutzraum gibt es keine Heizung, nur Zement auf dem Boden und an den Wänden. Es ist sehr feucht. Mama zieht sich ganz dick an, zieht den Pelzmantel an und schläft so. Ich ziehe es vor, in der Wohnung zu bleiben, auch wenn es weder Strom noch Heizung gibt. Um vier Uhr fängt es an dunkel zu werden. Es gibt keine Zündhölzer, Kerzen oder Feuerzeuge, deshalb kann ich nur im Dunkeln sitzen und um sieben Uhr ins Bett gehen. Ich koche, wasche mit der Hand, aber schon seit Tagen haben wir kein Wasser mehr, und die Eimer, die wir gefüllt hatten, sind auch leer. Nur ein Fenster hat die Bombenangriffe überstanden, alle anderen sind zerbrochen.

Vergangene Woche ist Josko gestorben, und Mirsd, dem Sohn von Ferida, hat man das rechte Bein amputiert. In Maglaj wurden Fudo, Enver und Haris, den es am schlimmsten getroffen hat und der noch im Krankenhaus ist, verletzt. Was den Vorschlag betrifft, daß Emir zu Euch kommen könnte: Daran ist nicht zu denken, denn erstens will er nicht, und selbst wenn er wollte, besteht gar keine Möglichkeit, aus Sarajewo rauszukommen.

Bleibt gesund!
Eure Oma

Sarajewo, 16. Januar 1993

Meine Lieben,
wie geht es Euch? Wo seid Ihr? Wie kommt Ihr zurecht? Ich habe nie erfahren, ob Ihr meinen Brief, mit dem ich auf Euren Brief, den die Pazifisten Anfang Dezember mitgebracht haben, geantwortet habe, erhalten habt. Ich hatte ihn noch vor Jahresende abgeschickt.

Ein Gerücht geht um, daß bei der Post von Sarajewo wieder Briefe ankommen werden, und so hoffe ich, daß Ihr mir jetzt öfter schreibt.

Opa ist sehr froh, daß seine kleine Enkelin gut in der Schule ist, und er sieht immer Jasna vor sich, wie sie ihre Strümpfe anzieht. Zlatko und Goco, was macht Ihr so?

Wir erleben sehr schwere Tage. Seit fünfundvierzig Tagen sind wir ohne Strom, und mit dem Wasser wird es auch immer schwieriger. Alle zwei, drei Tage gelingt es Kemo, uns ein wenig mitzubringen. Ihr könnt Euch vielleicht ein Bild von der Situation machen, wenn ich Euch erzähle, daß Miro zum Wasserholen von Visnjik bis zur 5 Kilometer entfernten Brauerei von Pivara gehen muß. Nach Neujahr hatten wir Probleme mit der Wasserleitung und den Abflußrohren, die eingefroren waren. Kemo und ich haben fünf Tage lang zusammen gearbeitet, um sie wieder in Ordnung zu bringen.

Am 12. dieses Monats ist der Balkon abgebrannt. Das Brandgeschoß ist auf die Schachtel gefallen, die voller Spielzeug aus Plastik war. Es ist uns gelungen, das Feuer zu löschen, aber ich habe so viel von dem giftigen Rauch eingeatmet, daß mir schlecht wurde. Eine halbe Stunde später hat ein Geschoß die Lampe in Kemos Zimmer getroffen; die Geschosse sind bis in die Küche gekommen. Wenn ich mich nicht auf den Boden geworfen hätte, hätten sie mich umgebracht.

Im Moment ist nicht daran zu denken, aus Sarajewo herauszukommen. Es ist unmöglich. Wenn Du eine Möglichkeit finden würdest, uns ein Päckchen zu schicken, wenn Du das Geld dafür hast, so würden wir Dich sehr darum bitten, denn wir haben fast gar keine Lebensmittel mehr.

Viele Grüße an Iso, Azra, Aida, Maria und Remzo.

Erzähle bitte den Kindern nichts von unseren Schwierigkeiten.

Umarme sie für mich,
ich habe Euch sehr lieb.
Papa

Sarajewo, 18. Januar 1993

Lieber Pierre,
ich weiß nicht, ob Dich dieser Brief je erreichen wird. Einige Journalisten vom französischen Fernsehen haben Hamo versprochen, meine zwei Briefe (einer für Dich und einer für die Tante) mit nach Paris zu nehmen. In Sarajewo ist es momentan sehr kalt, es gibt keinen Strom, und die ganze Stadt ist schon seit drei Tagen ohne Wasser.

Es ist sehr anstrengend und kalt, wenn man da jeden Tag in der Schlange steht. Und du hast viel, ja sehr viel Glück, wenn du dein Gefäß mit Wasser füllen und nach Hause tragen kannst.

Aber wir haben uns schon an diese Probleme gewöhnen müssen.

Ja, unser ganzer Tag beschränkt sich auf einige banale Probleme, die Du und normale Menschen sich gar nicht vorstellen können. Dann wird weiter geschossen und gestorben.

Erinnerst Du Dich an den Park in der Nähe meiner Wohnung, wo wir immer spazierengingen? Dort gibt es jetzt keinen Baum mehr, er ist zum Friedhof geworden. Sie begraben dort vor allem die Jungen zwischen 19 und 29 Jahren, und es liegen dort Freunde, Bekannte und Schulkameraden. Auch ein guter Freund von mir ist gestorben, er hieß Almir. Und Ramo, den Du kennengelernt hast, als Du hier warst. Das Sarajewo, das du im letzten Sommer kennengelernt hast, gibt es nicht mehr. Fast alle Häuser sind niedergebrannt oder zerstört.

Auch jenes wunderschöne Gebäude, die Nationalbibliothek, die Du fotografiert hast. Wir sind hingegangen, als sie brannte, und haben eine Menschenkette gebildet, um einige Bücher zu retten, und ich habe geweint, weil die schönste Bibliothek Sarajewos verschwand. Aber in diesen zehn Monaten habe ich der Zerstörung und dem Tod so oft ins Auge geschaut, daß mich nichts mehr überraschen kann. Es ist sehr schwer, all das zu schildern, was hier geschehen ist und noch geschieht. Und wenn es schwer ist für mich, die alles mit eigenen Augen angesehen hat, wie kann dann einer, der weit weg ist, all diese Grausamkeiten glauben. Wie kann man glauben, daß es menschliche Wesen sind – Leute, die wir kannten, die uns auf der Straße begegneten –, die diese Zerstörung herbeigeführt haben. Manchmal schließe ich die Augen und versuche an etwas Schönes zu denken: Dann denke ich an Paris und die Augenblicke, die wir zusammen verbracht haben. Und ich frage mich, ob ich Paris je wiedersehen werde, ob wir beide je wieder über irgendwelchen Blödsinn lachen werden wie damals in der Bar am Montparnasse. Ich habe die Hoffnung noch nicht ganz aufgegeben, daß dieser Schrecken ein Ende finden und das Leben wieder normal verlaufen wird. Doch befürchte ich, daß keiner von uns, die wir jetzt hier sind, die Dinge jemals wieder so sehen wird wie der Rest der Welt. Ich könnte Dir noch viel erzählen über die Bombenangriffe, die Ängste und den Wunsch, die Menschen zu sehen, die du kennst und zu denen du nicht gehen kannst, weil es unmöglich geworden ist, von einer Seite Sarajewos zur anderen zu gehen, aber dazu bräuchte ich sehr viel mehr Zeit. Vielleicht, und das hoffe ich sehr, kommt der Augenblick, daß wir uns wiedersehen, und wir werden uns zusammensetzen und reden. Vielleicht hört dieser Wahnsinn auf. Ich denke, Du weißt, daß es unmöglich ist, aus Sarajewo herauszukommen, aber wenn es Dir gelingen würde, uns einen Bürgschaftsbrief zukommen zu lassen, könnten wir es probieren. Du könntest versuchen, ihn uns über die französisch-bosnische Organisation oder über die Adventisten zu schicken. Ich habe ganz vergessen, Dir zu sagen, daß ich dir Prüfung des dritten Jahres bestanden habe. Die Universität ist nicht in Betrieb, weil sie in einer Gegend liegt, die unter Beschuß der Scharfschützen steht, aber man konnte den Kurs in einen anderen Teil der Stadt, in der Nähe meiner

Wohnung, verlegen. Und wenn etwas weniger geschossen wird, versuche ich hinzugehen. Ich möchte nicht, daß Du denkst, in Sarajewo sei alles nur schrecklich und wir hätten alle Hoffnung verloren. Hier gibt es noch Leben, und wir, die wir hiergeblieben sind, versuchen weiterzumachen und uns normal zu benehmen. In diesem Krieg habe ich auch viele schöne Augenblicke erlebt. Ich habe sehr viele gute Menschen kennengelernt, einige sind meine Freunde geworden. Andere, Freunde von früher, will ich nicht mehr sehen. Durch meinen Kopf gehen täglich Millionen von Gedanken. Aber all das muß eines Tages ein Ende haben, und ich hoffe, daß wir aus diesem Krieg als Sieger hervorgehen. Grüße mir alle in Paris. Ich habe Dich sehr, sehr lieb und denke an Dich.

Deine Tanja

Sarajewo, 21. Januar 1993

Liebe Anna,
es gibt kein Sarajewo mehr! Jedenfalls nicht mehr Dein Sarajewo, unser schönes Sarajewo, es gibt noch nicht einmal Wasser. Jetzt fühle ich eine neue Dimension unserer Misere: Schmutz und Durst. Du, meine Liebe, mußt ein neues Leben anfangen, fern vom Balkan.

Ich hingegen werde hier wie ein Idealist sterben. Ich glaube an Dich und Deine Fähigkeiten, ich weiß, daß Du einen Weg finden wirst, ehrlich zu leben. Komm nicht zurück, solange Du dort bleiben kannst. Wir sind wieder ohne Strom. Die Leute können noch nicht einmal kochen, und jetzt müssen wir wieder auf Holzsuche gehen. Ich erinnere mich, wie Du Dich darüber aufgeregt hast, daß die Bäume vor Deinem Gymnasium unter dem Smog leiden. Es gibt keinen Smog mehr, denn keine Fabrik ist mehr in Betrieb, und es fahren keine Autos mehr. Aber es gibt auch keine Bäume mehr, nicht einen Ast. Die Vögel können sich nicht mehr auf den Baumwipfeln ausruhen und sterben vor Erschöpfung und Hunger. Die Hunde verenden. Wunderschöne reinrassige Hunde streunen ausgehungert und verlassen durch die Straßen. Vielleicht sind ihre Herrchen gestorben, und wenn nicht, so haben die selbst nicht genug zu essen, wie soll es dann für die Tiere reichen!

Ein Kilo Kartoffeln kostet zwanzig bis fünfundzwanzig Deutsche Mark, ein Liter Öl zwanzig Deutsche Mark.

Gott sei Dank geht es uns gesundheitlich gut, und so können wir das alles ertragen.

Ich denke oft an Dich und habe Dich sehr lieb.

Dein Papa

Sarajewo, 22. Januar 1993

Meine Lieben,
Mevla (erinnert Ihr Euch an jene blonde Nachbarin, die im Garten gegenüber immer so schöne Blumen hatte?) hat mir gesagt, daß ein Italiener aus Florenz hier angekommen ist, der ein Mädchen aus Sarajewo heiraten will. Bald wird er nach Hause zurückfahren und könnte einen Brief für Euch mitnehmen. Ich habe mich sofort unter die Lampe gesetzt, um Euch zu schreiben. Ich betone das ›unter die Lampe‹, weil die im gegenüberliegenden Haus wieder Strom haben. Wir haben seit dem 7. Dezember keinen Strom mehr, und deshalb haben wir uns mit Drähten, die über die Wiese laufen, mit ihnen verbunden. Ihnen ist es gelungen, ›Priorität‹ zu bekommen, so daß immer etwas Strom bei ihnen ankommt, wenn die Krankenhäuser Strom haben. Sie haben uns erlaubt, ein paar Drähte anzuschließen. Und so haben wir nach langer Zeit in unserem ehemaligen Schlafzimmer eine Lampe, einen kleinen Ofen und sogar einen Fernsehap-

parat. Der andere Teil des ›Anschlußsystems‹ geht in die Küche. Heute haben wir zum erstenmal seit Beginn des Krieges Ofenkartoffeln gegessen! Wie waren wir glücklich...

Wir haben gehört, daß Ihr große Angst ausgestanden habt, als Ihr im Radio gehört habt, daß gerade in unserer Straße eine Granate explodiert ist. In Wahrheit ist sie eine Straße weiter explodiert. Wir denken oft, daß die Ungewißheit für Euch oft schlimmer ist als unsere Ängste. Jetzt stehen wir auf der Warteliste, um mit Euch telefonieren zu können. Es gibt jetzt wieder eine Leitung, über die man ein Telefongespräch anmelden kann, wie es sie schon einmal für ein paar Tage im vergangenen November gab. Nur ist der Andrang diesesmal unwahrscheinlich groß. Man muß zuerst zur Post gehen, im voraus (!) bezahlen und dann von zu Hause aus tausendmal die Nummer wählen, um das Gespräch anzumelden. In ganz Sarajewo gibt es nur die eine Leitung. Vorerst müssen wir abwarten, in der Hoffnung, früher oder später durchzukommen, denn unser Freund Nesmin kennt jemanden von der Post, der uns auf der Warteliste etwas nach vorne ›schieben‹ könnte. Meine Lieben, Ihr seht, was man alles anstellen muß, um nur ein ganz kleines bißchen normales Leben zu haben. Und es ist wirklich verwunderlich, wie es den Leuten immer wieder gelingt, sich zu arrangieren. Heute haben wir nach zweiundvierzig Tagen endlich wieder Wasser! Das ist ohne Zweifel die größte Freude. Vorher habe ich immer behauptet, der Strom sei wichtiger als das Wasser. Dem ist nicht so. Jetzt weiß ich, daß es nicht so ist... Die schreckliche Kälte von 15 Grad minus liegt Gott sei Dank hinter uns. Ich hoffe, daß es nicht noch einmal so kalt wird, obwohl die sehr viele glauben, denn, wie sie sagen, der Winter ist noch lang. Wir erwarten uns nicht viel vom Frühjahr, wir können nicht glauben, daß unser Leiden weniger werden sollte. Alle beten zu Gott, daß die Bombenangriffe aufhören mögen. Dann könnte man wenigstens wieder aus dem Haus gehen, und alles andere wäre dann leichter.

Wird Genf helfen?

Ich bezweifle es, denn die in Pale sind große Lügner, und die inzwischen vielzitierte Belieferung der Artillerie hat ja seit Beginn des Krieges nie stattgefunden. Denn wenn es so gewesen wäre, und das hat der verrückte Psychiater* deutlich gesagt, wäre die bosnische Armee überlegen.

Ich weiß nur, daß das alles schon viel zu lange dauert, daß wir alle müde sind und uns nach Frieden und den einfachen Dingen sehnen. Wenn Du Dir nur vorstellen könntest, wie sehr wir davon träumen, einmal wieder durch die Straßen zu gehen, auch wenn es nur ein Spaziergang durch diese Straße ohne jeden Baum ist. Oder aber durch die Straße mit all den Trümmern und zerbrochenen Schaufenstern. Es ist ganz egal, welche. Nur ganz einfach normal spazierengehen, ohne Angst vor den Granaten, die dich zwingen, über die Straßen zu rennen. Wird es je wieder normale Tage geben?

Manchmal glauben wir daran und dann wieder nicht. Papa geht regelmäßig zur Arbeit. Ihr kennt ihn ja, es ist ihm gelungen, viele Dinge ›anzukurbeln‹, und so hat er wirklich viel zu tun.

Besser so. Und dann arbeitet er in einer Umgebung, wo jetzt alle gleich sind und keine Unterschiede mehr gemacht werden. Auch ich bin gestern nach zwei Monaten wieder zum Fernsehen gegangen. Mir schlug das Herz bis zum Hals. Es ist dort eiskalt, und die Leute, die dort arbeiten, frieren fürchterlich, die Räume sind gähnend leer und ohne Fensterscheiben. Einzig der Bunker, von wo aus sie senden, hat noch etwas Normales an sich, der Rest ist einfach schrecklich. Mein lieber Sohn, Deine kleine Schwester, unser ›Hausmädchen par excellence‹ und unser Hauptversorger für Wasser und Brot, hält die Stellung. Auch für sie ist dieser Krieg eine neue und harte Schule. Und sie hat's geschafft! Keine

* Anm. d. Red.: Gemeint ist R. Karadzic, der vor seiner ›Karriere‹ als ›Serbenführer‹ den Beruf eines Psychiaters ausgeübt hat.

Spur mehr von dem hilflosen Kind. Jetzt ist sie gerüstet für die schwierigsten Probleme, die im Leben auf sie zukommen können.

Mir wäre lieber, sie hätte das alles nicht lernen müssen, aber gleichzeitig bin ich stolz darauf, daß wesentlich mehr Kraft in ihr steckt, als ich je vermutet hätte. Das zeigt schon die Tatsache, daß sie ihr Gewicht gehalten hat, das ist der Beweis...

Ihr Lieben, wenn Ihr nur wüßtet, wie oft wir an Euch denken! Vor allem um die Zeit herum, wenn Du, mein lieber Sohn, von der Arbeit nach Hause kommst. ›Wir sehen‹ den Kleinen, der zur Tür läuft, Vesna, die das Essen schon zubereitet hat, Dich, wie Du die Krawatte abnimmst...

Das ist uns alles so vertraut, so nah und dennoch so weit weg. Bitte macht ein paar Fotos und schickt sie uns; Ihr könnt Euch nicht vorstellen, wie nötig wir sie haben.

Den Verwandten geht es allen gut. Die Cerics haben sich einen Ofen in die Küche gestellt und verbringen dort ganze Tage. Tante Hasna hält sich tapfer, und wenn sie auch von uns allen am meisten abgenommen hat, findet sie doch immer noch die Kraft, darüber zu scherzen. Slobodan und Verica kommen jeden Sonntag und heitern uns jedesmal auf. Er arbeitet viel, und auch sie unterrichtet jeden Tag an der provisorischen Fakultät im Justizpalast. Sie bedauert, daß in die kalten Säle mit den zerbrochenen Fenstern keine Studenten kommen. Gerade eben sagen sie im Fernsehen, daß wir Pisnica erobert haben. Eben von diesem Hügel aus fielen an jenem weit entfernten 20. April die ersten Granaten auf uns. Viel Glück für sie!

Küßt den Kleinen auf seine blauen Äuglein. Ist er sehr gewachsen?

Wir haben Euch sehr lieb.
Mama

PS: In diesem Krieg ist alles merkwürdig. Trotz dieser fürchterlichen Kälte gibt es keine Krankheiten. Keiner von uns war erkältet oder krank. Obwohl die Leute nichts zu essen haben, gelingt es ihnen, ihre Kräfte zu sammeln und immun zu werden.

Es geht uns glücklicherweise allen gut.

Sarajewo, 7. Februar 1993

Lieber Alen,
der Journalist hat uns Deinen Brief gebracht. War das eine Überraschung. Wir haben auch das Fax erhalten, das Du uns durch Fedgia geschickt hast. Wir freuen uns zu hören, daß es Euch gutgeht und daß Du Arbeit hast. Wir sind glücklich, daß Du eine Wohnung gefunden hast. Weißt Du, Mama küßt mindestens zehnmal am Tag Deinen Brief und schaut ihn sich pausenlos an.

Uns geht es allen gut, bis jetzt sind wir alle gesund und munter, Du brauchst Dir keine Sorgen zu machen. Wir hoffen, daß all das bald vorbei sein wird und das Schlimmste bereits überstanden ist.

Es ist nicht mehr so kalt, wie es war; vielleicht wird es auch nicht mehr so kalt, und die da oben auf den Bergen rings um uns herum werden hoffentlich auch früher oder später, so oder so, verschwinden.

Lieber Alen, schick uns momentan keine Pakete, wir kommen auch so zurecht. Schick uns lieber wieder mal ein Fax über Fedgia.

Wir haben Dich sehr lieb, wir umarmen Dich und sind sehr stolz auf Dich.

Mama, Dado und Papa

Sarajewo, 13. Februar 1993

Lieber Papa und all Ihr Lieben,
heute ist der glücklichste Tag unseres Lebens, denn nach zehn Monaten haben wir endlich mit Euch telefonieren können. Wir sind so glücklich, daß es Euch gutgeht, vor allem Dir, Papa.

Uns geht es gut, wir frieren nicht mehr, und wir hoffen, auch bald wieder Strom zu haben. Wir haben etwas Holz gesammelt, damit wir es warm haben. Ich habe es geschafft, mit Euch zu telefonieren, weil mir dabei ein Kollege, der in der Direktion des Fernmeldeamts arbeitet, geholfen hat.

Mama war so froh, daß Ihr zu Hause wart und sie so mit Euch beiden sprechen konnte. Lieber Papa, wie verbringst Du Deine Tage als Flüchtling? Heute habe ich Deine Rente geholt und sofort Deutsche Mark gekauft, denn für Dinar bekommt man hier gar nichts mehr. Macht Euch keine Sorgen um uns; wie Ihr seht, kommen wir ganz gut zurecht. Das ist alles für heute. Wir haben Euch sehr lieb und umarmen Euch.

Fika, Seka, Jasna, Maja und Sanja

Der nachfolgende Brief wurde von einem 60jährigen Architekten (der auch den Brief vom 14. Oktober 1992 geschrieben hat) an seine beiden nach Mailand geflohenen Töchter geschrieben. Der Brief erreichte sie Anfang März 1993, drei Wochen nachdem die beiden Mädchen die Nachricht vom Tode des Vaters in Sarajewo am 29. Januar 1993 erhalten hatten.

Sarajewo, 27. Januar 1993

Meine lieben Töchter,
alles ist leer. Ich will es Euch sagen: Meine Venen sind leer, meine Arterien, meine Nieren, mein Gehirn, mein Herz. Alles, aber was mir am meisten angst macht, meine Seele ist vollkommen leer.

Es tut mir sehr leid, aber ich muß Euch viel Trauriges erzählen, von meinen Freunden, die ich verloren habe, die umgebracht worden sind: der Maler Rizovic, Cindric, Zoran Bojbutoric, Vesna Bugarsic, Alija Kucunalic (er schon vor langer Zeit).

Und dann sind da noch all jene, die noch am Leben sind, aber nur noch zur Hälfte. Sie sagen, ich muß leben, ich höre ihnen zu, aber ich kann es nicht.

Meine Lieben, meine Mädchen, ich bitte Euch um Verzeihung. Ihr dürft nicht böse auf Euren Papa sein, der so LEER geworden ist. Vollkommen LEER.

Ich fühle mich wie ein Schauspieler ohne Publikum.

»... Wir dachten zu fliegen,
aber wir sind zu Boden gefallen.
Ganz plötzlich
ist alles um uns herum zerfallen.«

Eines aber will ich Euch sagen, und zwar, daß ich Euch sehr, sehr, sehr lieb habe und daß das einzige, was mich hier nicht unglücklich macht, der Gedanke ist, daß es Euch gibt, Eure Mutter und die arme Bessy.

In Liebe
Euer Papa

MENSCHEN AUS SARAJEWO

MENSCHEN AUS SARAJEWO

Die Verfasser der in diesem Buch abgedruckten Briefe kenne ich nicht. In Sarajewo habe ich jedoch während der Belagerung andere Menschen kennengelernt, deren Lebensbedingungen ich in den folgenden Skizzen festhalten möchte.

A. C.

JENINA

Die Sonne schien zu den beiden großen Fenstern herein, den einzigen, die noch heil waren in dem Eckzimmer im zweiten Stock des Kosevo-Krankenhauses.

»Jetzt gehen wir Jenina besuchen«, sagte der Journalist, während wir die Treppe hinaufgingen. »Ein Muster an Mut und Tapferkeit. Sie liegt schon seit Monaten hier, und ihr Lächeln hat den anderen Kraft gegeben.«

Jenina saß auf der Kante des eisernen Bettes, das an der Wand stand. Vor ihr stand eine Krankenschwester mit zwei Plastikschüsseln voll Wasser, in die Jenina die Stümpfe ihrer beiden Beine tauchte, die man ihr in der Mitte der Oberschenkel abgenommen hatte.

Jenina war neunzehn Jahre alt, hatte blaue Augen, ihre blonden Haare waren zu einem hohen Pferdeschwanz gebunden, und ihre Zahnspange blitzte, als sie bei unserem Besuch glücklich lächelte.

»Jenina, was brauchst du? Was können wir dir mitbringen?«

»Oh, ja«, antwortete sie scherzend, »ich hätte gerne eine Orange, viele Orangen.«

Es ist nicht so leicht, jeden Tag zum Kosevo-Krankenhaus zu gehen, und als wir drei Tage später mit den Orangen wieder hinkamen, sagte man uns, daß Jenina entlassen worden sei.

Eine Krankenschwester kannte ihre Adresse. Wir haben sie nicht gleich finden können in dem moslemischen Viertel Bascarsija mit seinen eng beieinanderstehenden Häusern in den schmalen, bergauf und bergab führenden Gäßchen, aber dann sind wir auf andere Leute gestoßen, die auf dem Weg zu ihr waren, um sie zu Hause zu begrüßen.

Drei Monate vorher war Jenina wie jeden Tag mit ihrer Schwester losgegangen, um Brot zu kaufen. Sie standen in der Schlange, als die Granaten einschlugen. Drei Mitglieder ihrer Familie waren auf der Stelle tot. Ihre Schwester blieb unversehrt. Jenina wurde an den Beinen getroffen.

Wir haben die Schuhe und Stiefel draußen gelassen und sind in die kleine Küche gegangen, wo sie auf der L-förmigen Eckcouch lag.

Die Nachbarn hatten ein paar Blumen gebracht.

Blumen waren das erste, was ich sah, als ich in Sarajewo landete. Rosen, ein Rosenbeet mitten in den Trümmern des Flughafens. Rosen in zarten Farben, umgeben von dem Gedröhne der Herkules-Motoren, dem Lärm der Schüsse und den lauten Rufen von Befehlen. Irgend jemand hatte sie gepflanzt, und irgend jemand gab ihnen offensichtlich Wasser.

Jenina trug einen türkisfarbenen Pullover und lachte; Mama und Papa lachten, die Schwester lachte, die Nachbarn lachten. Sie haben uns einen türkischen Kaffee in kleinen Tassen angeboten, und dann wurde eine kostbare Dose ›Dunje‹, Quitten in Sirup, aufgemacht.

Die Mama von Jenina hat mir ein Zeichen gegeben. Wir sind aus dem Zimmer gegangen, doch wir konnten nicht miteinander sprechen; ich beherrsche ihre Sprache nicht. Sie schaute mich an, weinte und trocknete sich die Augen mit ihrer Schürze.

Jenina sprach gut Englisch: »Komm her zu mir«, hat sie gesagt. »Ich möchte dich etwas fragen, aber sag bitte die Wahrheit: Du hast gesagt, daß du eine Tochter in meinem Alter hast. Und wenn deiner Tochter so etwas passieren würde, was würdest du dann empfinden?«

»Wut«, habe ich geantwortet, »eine fürchterliche Wut, die mich umbringen würde.«

»Weißt du«, fuhr sie fort, »im Krankenhaus haben alle gesagt, wie tapfer ich bin, weil ich lache, und deshalb fühlte ich es als meine Pflicht, so weiterzumachen. Hier zu Hause tun alle so, als ob sie fröhlich wären. Sie vermeiden es, von meinen Beinen zu sprechen. Aber ich kann nicht mehr. Ich würde am liebsten schreien und weinen. Manchmal denke ich, ich werde verrückt.«

Da habe ich ihr von Oliver Sacks, dem englischen Neurologen erzählt, den ich ein Jahr zuvor in New York interviewt hatte. Sacks sagt, daß der Verlust eines Gliedes neben dem physischen auch ein schweres psychisches Trauma darstellt, weil das Idealbild, das wir uns von unserem Körper als etwas Vollkommenem gemacht haben und auch weiter machen, in Gefahr ist.

»Sprich weiter«, sagte Jenina. »Sag mir noch etwas.«

Und dann, als ich mich von ihr verabschiedete:

»Komm wieder, ich bitte dich, komm und sprich mit mir, bevor ich abreise. Ich stehe auf der Warteliste für die Militärflugzeuge. Sie wollen mich wegen der Prothesen nach Schweden schicken.«

Als ich schon an der Tür war, rief sie mich zurück:

»Weißt du, ich möchte studieren, mein Diplom machen, mich verloben, heiraten und Kinder haben.«

Es war mir nicht möglich, noch einmal zu Jenina zu gehen. In Sarajewo kann man sich nicht frei bewegen.

In Italien erreichte mich nur noch ein einzigesmal eine Nachricht über Jenina: Es war im Januar, und Jenina war noch immer in Sarajewo.

SAKIR

Sakir hat uns in der Titova-Straße angsprochen: Wir haben die Straße überquert und sind zu ihm hingegangen:

»Der alte Doktor ist gestern gestorben.«

»Wie ist das möglich, wir haben ihn doch vor drei Tagen noch gesehen. Er hatte so viele Pläne...«

»Ein Scharfschütze... er war zu Fuß auf dem Weg ins Krankenhaus.«

Wir sind zum Friedhof auf dem Hügel gegangen, wo zwischen den antiken moslemischen Misrhams das frisch ausgehobene Grab lag, ein Erdhügel und darauf ein rautenförmiges kleines Brett mit dem Namen.

»O bitte, du hast doch einen Film«, bat Sakir, »mach ein Foto. Dann hätte sein Sohn eine Erinnerung. Er lebt in Texas, und wir werden versuchen, ihn zu verständigen.«

Das Haus des alten Doktors gab es nicht mehr und auch seinen Operationssaal im Krankenhaus nicht. Ich habe das Grab fotografiert, und dann hat Sakir uns zu sich nach Hause eingeladen.

Vor dem Krieg hatte Sakir im Elektrizitätswerk von Sarajewo gearbeitet. Jetzt ist er den ganzen Tag unterwegs und versucht, die von den Bomben beschädigten Leitungen zu reparieren. Er hat vier Kinder und eine hübsche Frau, Amra, die Architektin ist.

Die Wohnung, die ein großes Wohnzimmer mit einem Erker hat, der auf die Titova-Straße hinausgeht, liegt mitten im Stadtzentrum am Markt. Meliha, die älteste Tochter, siebzehn Jahre alt, ein wenig füllig und mit einem Kopf voller Locken, wird für die vielversprechendste junge Pianistin des ehemaligen Jugoslawien gehalten. Als wir eintreten, spielen die beiden Jungs gerade Gitarre. Amra setzt sogleich Wasser für den Kaffee auf dem kleinen Ofen in einer Ecke des Wohnzimmers auf. Sakir erzählt, und seine Familie hört ehrerbietig zu. Er will nicht zulassen, daß seine Familie in Sarajewo stirbt. Er setzt alles daran, sie herauszubringen. Aber wie? Und wo sollen sie hin?

Und das Haus, dieses wunderschöne Haus mit all den antiken türkischen Möbeln, die Amra mit viel Liebe zusammengetragen hat?

Sie müßten es verlassen, so wie es ist. Andererseits sind die Mauern von Granatsplittern durchlöchert, und in dem Haus gegenüber wurden in der vergangenen Nacht zwei Stockwerke vollständig von den Granaten zerstört.

»Meliha, spielst du uns etwas auf dem Klavier?«

Auf dem großen Flügel stand eine Vase mit gelben Blumen.

Die Moslems aus Bosnien haben keine Ersatzheimat.

Meliha spielt, draußen wird geschossen, es wird langsam dunkel, und die Kerze auf dem Klavier flackert. Meliha hört auf zu spielen:

»Ich kann nicht weiterspielen. Das Klavier ist verstimmt, und seit zwei Monaten habe ich nichts mehr von dem Klavierstimmer gehört...«

»Das macht nichts, du spielst wunderbar. Kannst du denn jeden Tag üben? Wie sieht dein Tag aus?«

»Wenn wir morgens aufwachen, machen wir keinen Plan. Niemand weiß, was im nächsten Augenblick passiert und ob wir abends noch am Leben sein werden.«

Die kleine Schwester Leyla, die kein Englisch kann, schaut uns an, während wir uns unterhalten, und lacht.

ADEMIR KENOVIC und ABDULAH ›KUDUZ‹ SIDRAN

Ademir und Abdulah waren meine Zimmernachbarn. Sie hatten einen Fön, und die wenigen Male, die es Wasser gab und ich mir die Haare waschen konnte, ging ich zu ihnen, um sie mir zu trocknen. In dem Zimmer gab es nur noch eine funktionierende Steckdose, und um den Fön zu benutzen, mußte man die Lampe ausstecken. Deshalb unterhielten wir uns bei Kerzenschein. Ademir Kenovic ist Filmregisseur und Abdulah Sidran ein großer Dichter. Die Welt konnt Sidran als Drehbuchautor für Kusturica (›Kuduz‹; ›Papa ist auf Geschäftsreise‹; ›Erinnerst du dich an Dolly Bell?‹ usw.), aber darüber will er nicht sprechen. Kusturica ist in Hollywood, zu weit weg von den Geschehnissen in Sarajewo. Sidran spricht nur Serbokroatisch, und daher können wir uns nur über Ademir verständigen, der Englisch und Französisch spricht. Sidran muß ein sehr witziger und geistreicher Mensch sein, denn wenn er mit seinen Bewunderern im Speisesaal ist, haben alle immer viel zu lachen. Als ich ihn zum erstenmal sah, hielt ich ihn für einen Zauberer oder Magier, weil er klein ist, schwarze Kleidung und eine orientalische Jacke trägt. Er hat langes weißes Haar und einen ebenfalls weißen Spitzbart, der ihn ein wenig teuflisch erscheinen läßt.

Ademir und Sidran bereiten einen Film vor, einen Spielfilm, keinen Dokumentarstreifen, der in den Straßen von Sarajewo gedreht werden soll. Ademir hat wunderschöne Hände, ist blaß und so mager, daß ich manchmal Angst habe, er könne sich nicht auf den Beinen halten. Seine Frau, die Schauspielerin Sceljana Bodganovic, lebt mit den Kindern in Prag, wo sie in Sicherheit sind. Er hat sich dafür entschieden, »bis zum Ende« in Sarajewo zu bleiben.

Er gibt mir sein Tagebuch:

»... heute ist der erste Juli. Ein Mann geht vor mir in der Miskin-Straße. Unter dem Arm trägt er ein in Zeitungspapier eingewickeltes Päckchen. Der Mann bleibt stehen, wickelt das Päckchen aus, holt eine Pistole hervor und schießt sich in den Kopf...«

»...es ist Nachmittag, die Sonne geht langsam unter, vor mir sehe ich den Hügel, wo vor drei Tagen die Bombe auf das Haus meiner Mutter gefallen ist und sie getötet hat. Sie traf genau das Zimmer unseres Hauses, in dem ich ihr vor vielen Jahren an einem Juninachmittag voller Stolz Professor Nikola Koljevic vorgestellt hatte. Den Mann, der meine Jugend geprägt hatte und den ich wie keinen anderen bewunderte. Jener, der mich dazu gebracht hatte, die Poesie zu lieben, der mich lehrte, Shakespeare zu verstehen... Vor drei Tagen hat Nikola Koljevic, der Ideologe von ›ETNICKO CISCENJE‹ (ethnische Säuberung), die Bombe geworfen, die meine Mutter getötet hat...«

Er gibt mir auch das Drehbuch von ›Film Interdit‹, das ins Französische übersetzt worden ist, da es eine französische Produktion sein wird:

»Zwei alte Freunde, Grand Père Edo und Grand Père Mirko, die alleine in Sarajewo zurückgeblieben waren, versuchen mit dem Krieg fertig zu werden. Edo, der zweiundsiebzig Jahre alt ist, ist mutlos. Er will nur im Haus bleiben und sterben, während Mirko, der vier Jahre älter ist, ihn aufrüttelt, sich ständig mit etwas beschäftigt und rausgeht, um Holz, Brot und Wasser zu beschaffen... Eines Tages kommt Mirko nicht nach Hause zurück. So ist Edo gezwungen, das Haus zu verlassen und ihn zu suchen. Man sagt ihm, daß sein Freund tot sei. Es ist bereits Nacht, als er ihn endlich im Leichenschauhaus findet. Er sieht ihn... und Mirko erhebt sich, kommt auf ihn zu und sagt, daß er ihm helfen wird, das Begräbnis vorzubereiten, was im Winter 1992 in Sarajewo alles andere als einfach ist. Liebevoll miteinander plaudernd, machen sich die beiden Freunde, der lebende und der tote, auf ihren langen Weg durch die Straßen von Sarajewo...«

Ademir möchte nach Weihnachten mit den Dreharbeiten beginnen. Befreundete Schauspieler aus ganz Europa haben ihre Mitwirkung an dem Projekt angeboten, aber er hat ablehnen müssen. Wie er sagt, kann er die Verantwortung, sie nach Sarajewo kommen zu lassen, nicht übernehmen. Es ist zu gefährlich.

Samstag, 7. November 1992. Gestern ging das Gerücht um, daß die Bürger Sarajewos in ihrer grenzenlosen Verzweiflung beschlossen haben, geschlossen in Richtung Ilidzja aufzubrechen und trotz der Schießereien die Stadt zu verlassen.

Mittlerweile ist es offensichtlich, daß sich Sarajewo, wo die Menschen weiterhin wie Mäuse in der Falle sterben, von der Welt keine Hilfe zu erwarten hat.

Treffpunkt war bei Sonnenaufgang der Platz vor der alten Brotfabrik. Es hätten Tausende sein müssen, aber als sich der Nebel verzogen hatte, haben wir nur einige Hundert gesehen. Die Angst war stärker, und nur wenige Verzweifelte haben sich auf den Weg gemacht. Die Sonne schien, und es war sehr kalt. Die Journalisten und Kameraleute schwitzten vor Angst, als sie ihnen folgten, denn jeden Augenblick konnte ein Massaker losbrechen. Es ist nichts passiert. Einige quergestellte Lastwagen, einige angelegte Maschinengewehre. Männer und Frauen, dicht aneinandergedrängt, mit ihrem Hab und Gut auf Handkarren. Wir haben gesehen, wie sie weinend zurückkamen.

Die Moslems aus Bosnien haben keine Ersatzheimat.

DIE SCHWIMMERIN

Jeden Morgen drehte sie ihre Runden auf der Bahn, die um den Rasen des Stadions führt, wo nach und nach ein Friedhof entstand. Sie war siebzehn Jahre alt. Groß, mandelförmige Augen, dunkles kupferrotes Haar. Silbermedaille im Schwimmen (ich erinnere mich nicht, welche Disziplin) bei den letzten Olympischen Spielen. Seit Beginn des Krieges hatte sie zwei Zähne verloren: Unterernährung. Sie fragte uns, ob wir Vitamintabletten hätten. Sie sagte, sie laufe schneller als die Kugeln der Scharfschützen. Seit fünf Monaten war es in Sarajewo nicht mehr möglich zu schwimmen. Laufen war zur Notwendigkeit geworden, um nicht das Gefühl zu haben, zu sterben. Peter, der deutsche Fotograf, hat sie ins Hotel gebracht. Abends erschien sie an dem großen, langen Tisch der Journalisten und aß glücklich das fade Essen des Holiday Inn. Peter ist abgereist. Am letzten Abend trug sie einen pflaumenfarbenen, fast schwarzen Lippenstift.

Danach haben wir sie nicht wiedergesehen, auch nicht beim Joggen.

Alle frischen Gräber in Sarajewo waren liebevoll mit Blumen geschmückt. Unter den Schüssen knieten die Frauen nieder, säuberten die kleinen Erdhügel, strichen über die Blumen.

Die Kreuze trugen in schwarzen Buchstaben den Namen, das Geburtsjahr, stets gefolgt von der Jahreszahl 1992. Auf denen der letzten Tage stand nur noch: '92, denn die schwarzen Zahlen gingen aus; man mußte sparen. Es lagen auch kleine Blumensträuße auf den wenigen Baumstümpfen, die es auf dem Friedhof noch gab.

DESANKA DAKOVIC und NADA KALUDEROVIC

Desanka war die Tochter. Sie war sechsundzwanzig Jahre alt, im sechsten Monat schwanger und stand neben der Mutter, die auf den beiden schwarzen Koffern saß, in die die Familie alles gepackt hatte, was sie mitnehmen konnte, wenn sie für immer wegging. Man konnte das lange gelbe Bahnhofsgebäude nicht mehr betreten, denn die Bomben hatten nur die Fassade verschont, den Rest aber zerstört. Die Leute drängten sich auf den Stufen, die von Glasscherben, die in der Sonne glitzerten und mit denen die Kinder spielten, übersät waren. Schutt lag auch überall auf dem Platz, auf dem seit drei Tagen serbische Zivilisten aus Sarajewo, die die Erlaubnis hatten, die Stadt zu verlassen, vergeblich in der Kälte auf die versprochenen Autobusse warteten, die nie kamen.

Die ›anderen‹, die Moslems und Kroaten, hatten nur bis zum Nachmittag warten müssen, auf der anderen Seite der Straße, vor Titos Kaserne, bevor sie, in die Omnibusse gepfercht, ins Ungewisse fuhren.

Gewaltsam auseinandergerissene Familien am Rande einer Straße, die auf der einen Seite in Richtung Osten nach Split führt und auf der anderen in Richtung Westen nach Belgrad. Fast fünfzig Prozent der Familien in Sarajewo sind gemischt: Kroaten, die mit Serben verheiratet sind, Moslems mit Kroaten, Serben mit Moslems.

Und Mischehen werden auch seit Beginn des Krieges weiterhin geschlossen: zwei bis drei im Monat. Der Mann von Desanka war Moslem. Sie hatte ihn seit vier Monaten nicht mehr gesehen. Das Kind, das sie erwartete, war ihr erstes. Desanka war 26 Jahre alt, sie trug einen schwarzen Mantel und einen weiten blauen Pullover. Das Spezialgebiet der diplomierten Psychologin waren geistig behinderte Kinder.

Nada, die Mutter, Schriftstellerin, war Korrespondentin der BBC in Sarajewo gewesen und hatte dreißig Jahre lang eine Schule für autistische Kinder geleitet. Mutter und Tochter hatten zusammengearbeitet.

»Wenn ich in Belgrad bin«, sagte Desanka, »werde ich mich weiterhin mit Kinderpsychiatrie beschäftigen. Das wird nötig sein. Mehr als siebzig Prozent der Kinder aus Sarajewo werden nach dem Krieg große psychische Probleme haben.«

Die Mutter hatte zur Hälfte rötlich-violettes und zur Hälfte weißes Haar, da die Haare nachgewachsen waren und sie sie nicht mehr färben konnte. Sie weinte: »Wenn ich doch nur aufhören könnte zu weinen...«

Dreißig Jahre, sagte sie, dreißig Jahre Mühe, um eine Glasglocke aufzubauen, die ›ihre‹ Kinder schützt. Eine zermürbende Arbeit, eine grenzenlose Geduld und ein Feingefühl, das keine Fehler zuließ. Die Freude darüber, in das isolierte

Dasein dieser kleinen leidenden Seelen vorzudringen. Die ersten kleinen Erfolge, das Glück, einen Weg gefunden zu haben, ihnen zu helfen... alles zerstört mit der ersten Granate am Morgen des 6. April 1992.

»Bei autistischen Kindern genügt oft eine Winzigkeit, und sie ziehen sich für immer in ihre Isolation zurück. Die Schüsse an diesem Morgen haben mein gesamtes Lebenswerk zerstört.«

»Wie viele Kinder waren es?«

»Achtundzwanzig.«

»Und wo sind sie jetzt?«

»Ich weiß es nicht, ich habe nichts mehr von ihnen gehört.«

Die Glasglocke ist zerbrochen. Die Liebe konnte sie nicht schützen.

Seit dem 29. Mai 1992 liegen immer Blumen in der Miskin-Straße in Sarajewo. Frische Blumen liegen in einer langen Reihe dort, wo die Granaten jene trafen, die um Brot anstanden. Die Stadt ist nur noch ein grauer Haufen rußgeschwärzter Trümmer... wo finden sie nur diese bunten Blumen, wo wachsen sie nur?

Vor diesen Blumen standen schon Präsident Mitterand, Elie Wiesel, Boutros-Ghali, Bernard Kouchner, Bernard Henry-Levy...

Der Gang in die Miskins-Straße ist fester Bestandteil der Besuche der Großen dieser Welt, die nach Sarajewo kommen, um ihre Anteilnahme auszudrücken. Die Besuche laufen nach einem ganz bestimmten Schema ab: Ankunft mit einer Herkules am späten Vormittag auf dem Flughafen Butmir. Transport in gepanzerten Fahrzeugen der mit schußsicheren Westen und Helmen ausgestatteten ›Persönlichkeiten‹ zur UNPROFOR. Pressekonferenz. Dann in den gepanzerten Fahrzeugen (drinnen fühlt man sich wie in einem U-Boot: in einer Reihe, im Dunkeln, den Kopf auf den Knien, nach einem Stückchen Himmel durch die Bullaugen in der Decke schielend) bis zum Präsidentenpalast.

Dort, der übliche Salon im ersten Stock mit seinen Sesseln und Sofas in gelber Seide.

Intensive Gespräche.

Dann der gemeinsame Gang in die Miskin-Straße.

CNN und EBU verewigen die Besucher.

Dann wieder in den gepanzerten Fahrzeugen zurück nach Butmir, denn der Start ist nur möglich, solange es hell ist.

Am Tag, bevor der Besuch eintrifft, werden überall die Trümmer von den Straßen der Stadt fortgeschafft, aber die Blumen in der Miskin-Straße liegen nicht aus diesem Grunde dort.

Jeden Tag werden dort frische Blumen niedergelegt.

DAS JUNGE PAAR

Bevor ich sie sah, sah ich den Hund: einen schwarzen Dobermann, der an einem Pfosten vor dem Eingang zur Polizeistation in Ilidzja angebunden war. Ich ging zu ihm hin, um ihn zu streicheln. Ich habe keine Angst vor Dobermännern, meine Tochter hat auch einen.

Es war ein Weibchen mit schwarzen, fiebrigen Augen und Zitzen voller Milch.

Das junge Paar kam die Treppe herunter, begleitet von drei bewaffneten Soldaten.

Sie sahen mich mit dem Hund:

»Das ist nicht unser Hund«, erklärten sie, »er gehört einem Freund. Er bat uns, ihn mitzunehmen. Er ist jugoslawischer Champion.«

Die Frau war Kroatin, vierundzwanzig Jahre alt, trug eine braune Jacke und hatte große grüne Augen. Er war 27 und Serbe.

Sie waren zu Fuß von Sarajewo gekommen. Die ersten in acht Monaten, die es geschafft hatten.

»Haben sie nicht auf euch geschossen? ... um wieviel Uhr? Wann?«

»Wir sind gelaufen.«

»Und wo? Welchen Weg habt ihr genommen?«

Sie wirkten völlig erschöpft. Es schien, als ob schon ein paar Worte ihre Kräfte überschreiten würden.

»Das können wir nicht sagen. Das könnte viele Menschen das Leben kosten.«

»Werden andere es auch versuchen?«

»Auch das können wir nicht sagen.«

»Und wo geht ihr jetzt hin?«

»Es ist noch nicht ausgestanden. Im Augenblick müssen wir auf die Entscheidung von Ilidzja warten.«

Wir waren auf dem Weg nach Kisilijak und hätten sie gerne mitgenommen, aber wir mußten sie dort, zwischen Hoffnung auf Freiheit und Angst vor Strafe, zurücklassen, nachdem sie so viel riskiert hatten.

Wir stiegen auf die Berge: schlagartig keine Schüsse und keine Trümmerhaufen mehr, sondern grüne Wiesen, Bächlein, Bäume mit rotem Laub, friedlich weidende Kühe, kleine Häuschen, Stille.

Unfaßbar, weniger als zwanzig Kilometer entfernt herrschten Hunger, Tod, Schrecken ohne Ende. In Kiselijak hingegen, gäbe es da nicht das lärmende Hin und Her der Panzer mit den wehenden blauen Flaggen der UNO, könnte man meinen, in der Schweiz zu sein. Man kann sich auf die Terrasse eines Restaurants in die Sonne setzen, etwas zu essen bestellen, in ein Geschäft gehen, ORANGEN kaufen!

Wir haben die Benzinkanister aufgefüllt und uns im Schutz eines UNO-Konvois, der versuchte, nach Sarajewo vorzudringen, auf den Rückweg gemacht.

Das junge Paar kam aus dem Wachhäuschen hoch oben auf dem Berg. Sie haben uns wiedererkannt, es war Sonnenuntergang; sie weinte vor Glück, er war sehr blaß und hielt den Hund an der Leine. Sie hatten die letzten Kontrollen überstanden, man ließ sie passieren, sie waren frei!

»Wir werden nach Kanada gehen«, sagte er.

»Habt ihr dort Freunde, Verwandte?«

»Nein, aber ich werde Arbeit finden.«

»Was hast du in Sarajewo gemacht?«

»Meine Arbeit in den letzten sechs Monaten bestand darin, darüber nachzudenken, wie ich fliehen könnte. Was vorher war, daran will ich nicht mehr denken.«

Sie hatten beide ein Studium abgeschlossen.

»Stretno! Viel Glück!«

»Stretno auch für euch!« antworteten sie.

Wir sind in ein Sarajewo zurückgekommen, das im Mondlicht einen gespenstischen Eindruck machte. Nicht ein Auto auf der Straße, kein einziges erleuchtetes Fenster, nicht eine Laterne.

»Das erinnert mich an Peking, an die Tage des Massakers auf dem ›Platz des Himmlischen Friedens‹«, sagte jemand.

DIE ZWEI ALTEN DAMEN

Sie hatten sich, ich weiß nicht wie, einen Stuhl mit auf den Platz vor dem Bahnhof gebracht. Der Stuhl hatte sehr lange, gedrechselte barocke Beine. Die beiden Frauen ließen sich keinen Augenblick aus den Augen, sie waren die ganze Zeit zusammen, und es schien so, als ob sie unter den anderen Flüchtlingen, die seit Tagen auf den Aufbruch warteten, keine Bekannten hätten. Sie hatten weißes Haar, und am ersten Morgen gingen sie aufrechten Schrittes miteinander plaudernd immer auf und ab. Dann blieben sie die ganze Zeit sitzen und wechselten sich dabei auf dem hohen Stuhl ab. Zu ihren Füßen stand ihr Gepäck: ein dunkelgrüner Koffer und ein Sack, auf dem in grellen Farben ›United Colors Of Benetton‹ geschrieben stand. Die eine trug ein graues Kostüm und einen Lodenmantel, die andere einen schwarzen Pelzmantel. Ich sah, wie sie sich das Gesicht bedeckten, als sie merkten, daß sie von den Fernsehkameras gefilmt wurden. Am dritten Tag waren viele der Flüchtlinge bereits abgefahren, aber sie waren immer noch da, mit ihrem Stuhl und dem Benetton-Sack. Sie hatten rote Augen und holten oft ihr Taschentuch hervor. Sie sprachen nicht mehr, auch nicht miteinander. Am Mittwoch habe ich sie dann nicht mehr gesehen und war beruhigt. Irgend jemand hat gesagt, daß sie mit dem Konvoi nach Belgrad gefahren seien. Am nächsten Morgen kam der Fotograf von France Press, der den Konvoi begleitet hatte, ins Hotel zurück. Ich fragte ihn, wie es gelaufen sei: »Die Serben haben die Autobusse die ganze Nacht über aufgehalten und gesagt, daß sie die Papiere überprüfen müßten, aber schließlich haben sie sie doch weiterfahren lassen.«

»Alle? Haben sie niemanden dabehalten?«

»Nein, alle durften passieren. Ach, erinnerst du dich an die beiden alten Damen?«

»Ja.«

»Als der Autobus in Pale ankam, sind alle bis auf die beiden ausgestiegen. Da haben sie im Bus nachgesehen: Sie waren tot.«

Als 1984 das Fernsehgebäude für die Olympischen Winterspiele eingeweiht wurde, wurde es von den Einwohnern Sarajewos ›der Bunker‹ genannt. Und in der Tat wirkte dieses lange, dreistöckige Gebäude aus dunkelgrauem Beton, das kaum Fenster hat, nicht sehr anmutig. Jetzt, im Herbst 1992, könnte man fast meinen, der Architekt habe eine Vorahnung gehabt. Wenn auch beschädigt, angeschlagen und vielfach getroffen, so steht das Gebäude doch noch immer in der arg mitgenommenen Dzemala Bidjeca-Straße, der ›Straße der Scharfschützen‹, und hinter seinen Mauern aus siebzig Zentimeter dickem Beton verbirgt sich ein richtiger ›Bunker‹, aus dem eine Handvoll Menschen Tag und Nacht über eine ständig gefährdete und häufig beschossene Satelliten-Antenne die schrecklichen Bilder von Sarajewo in die Welt sendet, die uns die abendlichen Nachrichtensendungen ins Haus bringen. Die Fernsehteams kommen mit quietschenden Bremsen in der dahinter liegenden Straße an, steigen aus und passieren im Laufschritt, vorbei an den bewaffneten Wacht-

posten, den Eingang, um dann nach links einen langen, dunklen Korridor entlangzulaufen. Man kommt an den inzwischen unbrauchbar gewordenen Aufnahmestudios vorbei, die verlassen daliegen, und erreicht das Herzstück der EBU, der European Broadcasting Unions, ein Pool internationaler Fernsehstationen, der im Sommer 1992 ins Leben gerufen wurde. Die ersten, die sich zusammengeschlossen haben, waren BBC, CNN, Visnews und Antenne 2, die anderen kamen nach und nach dazu. Vier kleine, dunkle Räume, in denen gegessen, geschlafen, gesendet wird, und wo die Bearbeitung des von atemlosen Kameraleuten überspielten Materials über die letzten tragischen Vorkommnisse vorgenommen wird. Auf dem Flur hat irgend jemand einen blauen Himmel und riesige purpurfarbene Rosen auf die mit Sperrholz verkleideten Wände gemalt.

*»Stop, Schnitt, zurück, weiter vor, noch ein bißchen... genug...« Auf den kleinen Monitoren werden die Bilder über die Geschehnisse in Sarajewo zusammengefügt, komprimiert in wenigen, sehr teuren Sekunden zwischen der schwarzen Schrift des Logo: EBU * BOUM! * SARAJEWO * BOUM!*

Es handelt sich ausschließlich um junge Leute, die, um nicht von dem, was ›draußen‹ geschieht, überwältigt zu werden, versuchen zu scherzen.

Sie haben sogar ein T-Shirt entworfen, mit der Aufschrift: ›Ich habe Sarajewo 1992 überlebt... einmal‹ – freie Stelle – ›zweimal‹... freie Stelle. Die Aufschrift: ›...dreimal‹ war nicht vorgesehen.

Ich habe eines davon gekauft, um das Schicksal zu beschwören und um es erst nach meiner Rückkehr nach Hause zu tragen. Als ich es in Mailand aus meinem Sack holte, stank es fürchterlich nach Dieselöl und Lack. Ich habe es gewaschen, und die Farben sind ausgegangen. So konnte ich dort, wo die freie Stelle für ›dreimal‹ war, kein ›Ja‹ einfügen.

ELI und MISHA

Sie waren nicht aus Sarajewo. Sie kamen aus Jerusalem. Sie waren gekommen, um zu helfen, und sie traten immer zu zweit auf. Wir sprachen viel über das Programm ihrer Organisation (das American Joint Distribution Committee) und wenig über sich selbst: »Wir haben keine Namen«, sagten sie, »wir sind ein Team.« Trotzdem haben wir später erfahren, daß dieses ›Team‹, bestehend aus zwei Personen, es geschafft hatte, im Mai 1992 vierzehntausend Juden in vierundzwanzig Stunden aus Äthiopien zu evakuieren!

Es handelte sich um das Unternehmen SOLOMON.

In Sarajewo bereiteten sie eine weitere Rettungsaktion vor, doch diesmal nicht nur für Juden.

»Wer auch immer an unsere Tür klopft«, sagte Ivan Ceresnjes, ein 47jähriger Architekt, Oberhaupt der Synagoge (in Sarajewo gab es seit 1968 keinen einzigen Rabbiner mehr), »wird von uns zwei Dinge gefragt: Was braucht ihr? Und wie viele seid ihr? Nichts weiter.« Diese Tür befand sich 25 Meter vom Fluß Miliaskja und 250 Meter von der Frontlinie entfernt. Jeden Tag wurden dort Nahrungsmittel und Medikamente verteilt.

Eli und Misha gingen, vor allem nachts, ein und aus in dem Labyrinth der alten, rosa gestrichenen Synagoge. In einem Zimmerchen im ersten Stock hielt abwechselnd eine Person Wache, die vor einem Radioapparat saß, der mit einem von Dieselöl gespeisten Generator betrieben wurde.

Am Morgen des Tages X stand bereits bei Sonnenaufgang eine Menschenmenge vor der Synagoge.

Sarajewo war die einzige europäische Stadt, in der die Juden über Jahrhunderte nicht in Ghettos gelebt hatten. Das Wort ›Antisemitismus‹ war unbekannt. Ebenso der Begriff ›Rassismus‹.

»Heute lassen wir Alte, Kranke und Versehrte wegbringen. Es sind ungefähr sechshundert Leute, die den Winter nicht überleben würden. Denen, die bleiben, werden wir mit Nahrungsmitteln und Medikamenten zu helfen versuchen.«

»Und wo bringt ihr diese sechshundert Personen hin?«

»Wir haben uns schon mit 500 Familien in Österreich, Deutschland, den Vereinigten Staaten und Kanada abgesprochen. Sie werden sie aufnehmen. Wir Juden fühlen uns verpflichtet, den anderen zu helfen, denn nach dem Krieg haben viele uns geholfen. Und außerdem wollen wir der Welt beweisen, daß sich das Grauen des Holocaust nicht wiederholen wird.«

Versehrte in Rollstühlen, hustende Männer, in Tücher gehüllte Frauen mit glänzenden Augen warten im Regen. Sie wagen es nicht zu hoffen. Eli und Misha laufen nervös herum und werfen den Fernsehleuten böse Blicke zu. Es ist zehn Uhr und noch keine Spur von dem Konvoi. Der Mann mit der grünlichen Gesichtsfarbe wischt sich ständig den Schweiß von der Stirn.

»Fahren Sie mit, oder wollen Sie sich nur von jemandem verabschieden?«

Er heißt Ognjen Turtkovic und ist Musiker:

»Ich habe Tuberkulose. Ich fahre nach Ljubljana, um mich operieren zu lassen, aber ich will sobald wie möglich nach Sarajewo zurückkommen, denn das ist meine Stadt.«

Oben, auf einem kalten Balkon, sitzt auf einem Stuhl, der zwischen Holzstapeln und Plastikkanistern mit Wasser steht, ein Mann, der Violine spielt. Die Töne sind schwach, kaum wahrnehmbar.

»Ich bin sehr traurig, Sarajewo verlassen zu müssen«, sagt Ognjen, »weil ich meine Musik zurücklassen muß. Ich bin dabei zu versuchen, den Schatz der Volksmusik zu retten, der in dieser Stadt extrem groß ist. Ich habe mit allen Medien zusammengearbeitet. In Sarajewo habe ich für die Veröffentlichung von ›Das offene Kunstwerk‹ von Umberto Eco gesorgt. Ich kenne all seine Werke: Er ist ein Mediengenie.«

Es ist wie ein Wunder, als acht Autobusse und drei Lastwagen hintereinander auftauchen. Die Menschen bilden einen Kreis, schauen nach oben und sehen, wie Teigwaren, Zukker, Öl, Kaffee und Mehl abgeladen werden... und lächeln.

»Als ich heute morgen hier ankam, hatte ich Angst«, sagt ein Journalist des israelischen Fernsehens, der eine Woche lang in Kiselijak festsaß, »weil ich begriffen habe, daß das, was in Sarajewo passiert ist, jeden Moment überall geschehen kann: DER KRIEG ZWISCHEN DEM SECHZEHNTEN UND ZWEITEN ARRONDISSEMENT! IN PARIS!«

Der Park unterhalb der Kaserne war mit nassen gelben Blättern bedeckt. Die Leute kamen eilig aus den Seitenstraßen gelaufen, mit Plastikkanistern und Eimern in der Hand, stellten sich geduldig in die Warteschlange am Brunnen und warteten darauf, bis sie an der Reihe waren. Sie überquerten den Fluß nicht auf der großen Brücke, sondern gingen über einen Steg, der hundert Meter abseits lag. Der Steg war weniger bequem, nur einer konnte jeweils hinübergehen und mußte sich dabei an einem Seil festhalten, aber vielleicht war er den Schüssen weniger ausgesetzt. Die eindrucksvolle und gänzlich leere Brücke wird auch ›Gavrilo Princip-Brücke‹ genannt.

Princip war kein richtiger Nachname, sondern nur ein Spitzname. Vielleicht kannte man den wahren Namen nie; wie dem auch sei, er ist in die Geschichte eingegangen. Ein armer Mann, vielmehr ein Junge von 19 Jahren, der am 28. Juni 1914 bei Sonnenaufgang von den Bergen herunterkam, gekleidet mit einer schwarzen, glöckchenverzierten Jacke und mit einer Pistole in der Tasche. Wahrscheinlich wußte er gar nicht, was er mit der Pistole machen sollte. Eine merkwürdige Geschichte aus Schicksal und Zufällen: Alle hatten dem Erzherzog Franz Ferdinand (einziger und wenig geliebter Erbe der Habsburger) davon abgeraten, nach Sarajewo zu gehen. Aber er hatte es sich in den Kopf gesetzt, und der alte Kaiser Franz Joseph, dem es ziemlich egal war, was sein Neffe machte, hatte ihn nicht daran gehindert.

Schon am Morgen jenes schicksalhaften 28. Juni gab es Zusammenstöße, und in der Menge war ein nicht identifizierter Schuß gehört worden. Beim Essen im Rathaus sagte der Militärgouverneur, General Poitorek, zum Erzherzog, daß es besser wäre, den Besuch als beendet zu betrachten. Aber er wollte nicht auf ihn hören, und so be-

schloß man – als Vorsichtsmaßnahme –, den bereits festgelegten offiziellen Weg zu ändern. Aber in der Eile hatten sie vergessen, den Chauffeur zu verständigen, der sich, nachdem sie die zweite Brücke überquert hatten, anschickte, der Eskorte auf der inneren Straße zu folgen: »Aber was machst du denn?« meinte Poitorek scharf und schlug ihm heftig auf die Schulter.

Völlig verwirrt hielt der Fahrer an. Und so kam der Wagen mit Erzherzog Franz Ferdinand und seiner Frau Sophie genau dort zum Stehen, wo der arme Gavrilo Princip auf dem Gehweg stand. »Sophie, Sophie, lebe für unsere Kinder!« hauchte Franz Ferdinand, bevor er getroffen zusammensackte.

»Ich liebe dich«, antwortete sie und warf sich über ihn, bevor der zweite Schuß sie traf.

Auf dem Gehweg findet man, in Marmor gemeißelt, die Fußabdrücke von Gavrilo Princip, genau an der Stelle, an der er stand, als er die Schüsse abgab.

Oder besser gesagt, dort waren sie einmal, denn eine Granate hat den Gehweg getroffen, und die Marmorstücke der Fußabdrücke sind in alle Richtungen verstreut. Ich habe ein Stückchen aufgehoben: ein grünlicher Stein.

»Wie seltsam«, schrieb Rebecca West 1936, »in Sarajewo führt der Fluß blutrotes Wasser.«

MELIHA und LEYLA

Meliha lehnte sich zum Fenster hinaus:

»Komm rauf!« rief sie.

Es war zehn Uhr vormittags, sie und Leyla waren allein zu Hause. Die Wohnung war dunkel und eiskalt:

»Zieh die Schuhe nicht aus«, sagte sie zu mir, »es ist zu kalt.« Ich habe sie trotzdem ausgezogen. In einem moslemischen Haus Schuhe anzubehalten wäre, als ob man sagen wollte: Dem Krieg ist es gelungen, alles zu zerstören. Es gibt keine Hoffnung mehr.

Leyla hüpfte herum und lachte. Sie hatte dicke Pausbakken, offensichtlich sorgten die Ozirlos dafür, daß es der Kleinen nicht an Nahrung fehlte.

»Komm hierher.« Sie führten mich an einer langen Reihe von Wassereimern vorbei nach hinten in ein kleines Zimmer, wo ein Feuer im Ofen knisterte. In der Mitte des Raumes lagen drei mit antiken Teppichen bedeckte Matratzen. Leyla hockte sich auf eine der Matratzen, und ein kleines schwarzweißes Kätzchen sprang auf ihren Schoß. Sie schmiegt ihr Gesicht an das Fell des Kätzchens. Seit Mai gab es keine Schule mehr, und sie war seit Monaten nicht mehr aus dem Haus gegangen. Sie hatten alle zuviel Angst um sie.

»Weißt du, wir haben euch mit Sehnsucht erwartet, wegen der Torte!«

»Welche Torte?« fragte ich.

»Wie, haben sie es dir denn nicht gesagt? Mama hat euch am Mittwoch erwartet. Es ist ihr gelungen, eine Torte zu machen. Wir haben sie drei Tage lang angeschaut, und dann haben wir sie gegessen. Gestern haben wir das letzte Stück gegessen: Sie war sehr gut.«

Eine Torte in Sarajewo... ohne Eier, ohne Butter... ohne einen Ofen zum Backen... sie muß das ganze Viertel mobilisiert haben.

»Was sagen denn die Leute in deinem Land zu dem, was in Sarajewo geschieht?« fragte Meliha und schenkte mir türkischen Kaffee ein; ohne auf meine Antwort zu warten, fuhr sie fort:

»Weißt du, unser Vater ist so enttäuscht von Herrn Bush. Er hat gehofft, daß die Amerikaner uns helfen würden. Er hat sogar versucht, mit ihm zu sprechen!«

Allem Anschein nach war die Familie Ozirlo eines Nachts im Juni plötzlich aus dem Schlaf aufgeschreckt, nicht so sehr wegen des Bombenlärms, an den sie sich mittlerweile alle gewöhnt hatten, sondern vielmehr wegen der aufgeregten Stimme Sakirs:

»Hallo, ist dort das Weiße Haus?« schrie er in den Hörer. »Geben Sie mir den Präsidenten! Ich muß mit ihm sprechen. Die bringen uns um. Die bringen uns alle um! Hören Sie die Schüsse denn nicht? Er muß sie doch auch hören ...«

Nachdem es ihm per Telefon nicht gelungen war, hatte er begonnen, Briefe zu schreiben:

»Man hat mir gesagt, daß er ein guter Mensch ist«, sagte er zu seinen Kindern. Aber seit Oktober hatte er nicht einmal mehr Bushs Namen erwähnt. Ich habe Meliha von den Juden erzählt:

»Sie sind fantastisch«, bemerkte sie. »Alle anderen reden und reden, und nichts geschieht. Die Juden schweigen, und wir erfahren erst ›hinterher‹, was sie getan haben. Da war ein Junge, ein moslemischer Freund von mir, jeden Tag brachte er uns die ›Oslobodjenje‹, aber eines Morgens ist er nicht mehr gekommen und auch am folgenden nicht. Ich habe schon angefangen, mir große Sorgen um ihn zu machen, aber dann habe ich erfahren, daß es ihm gelungen ist, mit den Juden Sarajewo zu verlassen.

Ich hatte ihn noch am Tag vorher gesehen, wir hatten stundenlang miteinander geredet, und er hat nichts gesagt.«

Leyla war aufgestanden und hat das Kätzchen aus dem Fenster aufs Dach gelassen.

Ich war am Weggehen. An der Tür hielt sie mich am Arm fest:

»Wann kommst du wieder? Wann kommst du uns wieder besuchen?« Sie lachte, und auf ihren Wangen sah man die Grübchen.

Ich hatte sieben Tassen Kaffee getrunken. Ich ging über den überdachten Marktplatz, wo die Menschen wie in Trance über die Stände schauten. Es gab nichts oder so gut wie nichts. Zwei alte Schuhe, drei Paar Schnürsenkel, ein Feuerzeug der Marke Bic, ein Paar handgestrickte Socken, einen Schraubenzieher. Das einzig Eßbare waren einige Sträußchen grüne Brennesseln. Eine blonde Frau mit deutschem Geld in der Hand feilschte gerade um den Preis eines der Sträußchen. Ich holte meinen Fotoapparat hervor, steckte ihn dann aber schnell wieder in die Tasche.

Vor der Caritas standen Menschen in einer Schlange, die drei Häuserblocks lang war.

Ich hatte Meliha nicht gesagt, daß ich an jenem Tag Geburtstag hatte: Sie hätte es sonst noch mehr bedauert, daß von der Torte kein Stück übriggeblieben war!

DER JUNGE TSCHETNIK

Ademir begleitete mich zum Gefängnis, wo sie den 22jährigen Tschetnik verhörten, der zwei Tage zuvor verhaftet worden war. Überzeugt davon, daß Sarajewo bereits fest in serbischer Hand sei, war er mit zwei weiteren Soldaten in einem Jeep durch die Straßen der Stadt gefahren.

Der Junge – kahlrasierter Kopf, leerer Blick aus orientalisch geschnittenen Augen – erzählte ruhig von den 29 Moslems, denen er die Kehle durchgeschnitten hatte. Er kniete sich sogar auf den Boden und zeigte, wie er das Opfer mit einer Hand festgehalten und ihm mit der anderen mit einem Schnitt die Kehle durchtrennt hatte. Er erzählte, daß sie es an Schweinen geübt hätten und er Schwierigkeiten hatte, weil er Linkshänder sei.

»Und woher weißt du, daß all deine Opfer Moslems waren?«

»Weil ich sie nach ihren Namen gefragt habe.« Er leierte die neunundzwanzig Namen langsam wie einen Rosenkranz herunter: »Ahmed, Osman, Kassim, Amir... ich erinnere mich an sie, weil ich jede Nacht von ihnen träume. Ich träume auch von diesem Geräusch.«

»Welches Geräusch?«

»Wenn das Blut herausschießt. Da wird es mir schlecht.«

»Aber warum haßt du die Moslems?«

»Ich hasse sie nicht. Vor dem Krieg waren sie meine besten Freunde. Meine Schwester ist in Sarajewo mit einem Moslem verheiratet.«

»Und warum tust du es dann?«

»Weil sie mir gesagt haben, daß ich es tun soll.«

»Und wenn sie dir befehlen würden, den Mann deiner Schwester umzubringen?«

»Nun, wenn es ein Befehl wäre, dann müßte ich ihn ausführen.«

Nachts, wenn die Schüsse vorübergehend mal aufhörten, wachte man mit einem Gefühl der Unruhe auf. Die Ruhe in Sarajewo klang wie ein falscher Ton. Man lag da mit gespitzten Ohren und lauschte in die Dunkelheit. Dann krachte es, alles fing wieder von vorne an, und dieses ›Wiegenlied‹ ließ einen erneut einschlafen.

Am nächsten Tag im Krankenhaus konnte man sehen, wie tödlich dieses ›Wiegenlied‹ war. Keuchend herbeigetragene Bahren, Angehörige, die Verwundeten mit weit aufgerissenen Augen in leichenblassen Gesichtern die Hand hielten. Auf den Bänken in den Gängen vor den Operationssälen schweigende Männer und Frauen mit glänzenden Augen.

Mütter neben verstummten Kindern und blutige Laken. Erschöpfte Ärzte, Krankenschwestern mit befleckten Kitteln, Helfer mit Behältern voller blutgetränkter Mullbinden und Verbandszeug. Ich suchte einen Kranken und landete aus Versehen in der großen Küche. Sie war leer. Es gab nichts mehr zu essen.

AVDO KAPIGI

Ich weiß nicht, warum von all den Menschen auf den Bahren, die mich mit flehendem Blick anschauten, sobald sie das Schild: ›UNPROFOR-Press Accreditation‹ auf meiner Brust sahen, ausgerechnet er meine besondere Aufmerksamkeit erregte. Der Junge hatte ein sanftes Lächeln und sanfte Augen. Er war achtzehn Jahre alt, hatte dunkelblondes Haar und war sehr hübsch. Der rechte Arm mit der Nadel für den Tropf lag auf einem Kissen, und der Beutel mit dem Urin war mit einem Stück Pflaster am Bett befestigt.

Er lächelte mich an.

Mit Hilfe von Gesten fragte ich ihn: ›Was fehlt dir?‹

Mit dem linken Arm hob er das Laken hoch: Er hatte keine Beine mehr.

Mit einem Schulterzucken sagte er: »Soldier« und zeigte auf sich. Dann ließ er das Laken wieder sinken und lächelte.

Ich blieb bei ihm stehen und hielt seine Hand.

Bevor ich ging, gab ich ihm meine Visitenkarte: Ich hatte nichts anderes. Er betrachtete sie aufmerksam, bevor er sie auf den Nachttisch legte:

»VRATI SE, komm wieder, ich bitte dich, komm wieder...«

Alle in Sarajewo sagen: »Komm wieder!« Komm zurück und besuche uns in unseren Kellern, in unserer Bleibe, komm zurück in die Stille unserer Tage, die wir verbringen wie Gefangene in Erwartung einer Strafe, für die wir den Grund nicht kennen. Vergiß uns nicht.

LASST UNS NICHT ALLEINE! VERLASST UNS NICHT!

AVDO

Am Tag vor meiner Abreise bin ich noch einmal ins Krankenhaus gegangen, um Avdo zu besuchen. Das war das einzige Versprechen, das ich in Sarajewo einhalten konnte.

Diesesmal waren zwei Freunde bei ihm am Bett. Sie hatten ihm Comics mitgebracht. Das Mädchen war sehr hübsch. Vielleicht war sie seine Freundin, sie sprach Englisch: »Avdo hat uns von Ihnen erzählt«, sagte sie zu mir.

Ich hatte eine Tafel Schokolade und drei Orangen mitgebracht, die mir ein Journalist gegeben hatte.

Das Mädchen übersetzte für mich:

»Avdo, willst du mir erzählen, wie es passiert ist?«

»Es war am 25. Oktober um elf Uhr vormittags. Der Soldat neben mir wurde am Kopf getroffen. Wir waren auf einem Hügel. Dann habe ich nichts mehr gespürt, keinen Schmerz. Es war, als ob ich fliegen würde. Es war fast schön. Dann kam der Schmerz. Mit voller Wucht, aber nicht die Beine taten weh, sondern der Magen.«

»Und wer hat dich gefunden?«

»Mein Vater, der auch Soldat war. Zusammen mit den anderen Soldaten haben sie mich ins Krankenhaus gebracht. Während der Operation war ich klinisch tot. Ich wußte es, ich wußte, daß ich tot war, und ich hörte all diese Maschinen, die um mein Leben kämpften.«

»Und dann?«

»Und dann dachte ich: Ich will leben. Als ich aus der Narkose erwachte, wußte ich, daß ich keine Beine mehr hatte, auch wenn die Krankenschwestern es mir nicht sagen wollten. Aber ich dachte: Ich habe zwar meine Beine verloren, aber nicht meinen Lebenswillen, und das ist sehr viel wichtiger.«

»Und was willst du jetzt machen?«

»Wenn es mir besser geht, dann will ich weiterlernen. Ich habe eine Schule besucht, wo man lernt, Süßwaren herzustellen. Ich möchte dort arbeiten.«

Seine Eltern waren gekommen, sie hielten sich aneinander fest. Die Mutter schien den Vater zu stützen.

Avdo zeigte ihnen stolz die Schokolade und die Orangen. Bevor ich ging, machte ich ein Foto von ihm und seinen Eltern.

Als ich das Krankenhaus verließ, hat es leicht zu schneien begonnen. Der gepanzerte Wagen von Reuters hielt an, und sie boten mir an, mich mitzunehmen. Ich sagte ihnen, daß ich lieber zu Fuß gehen wolle.

Ich war die Raserei leid, bei der mir das Herz bis zum Halse schlug, ich war es leid, mit unkontrollierter Geschwindigkeit die Zufahrt zur Garage des Holiday Inn hinunterzurasen, ich war es leid, über die Kreuzungen zu rennen mit der ständigen Angst, daß jetzt gerade ein Heckenschütze auf mich zielt. Ich war es leid, nie aus einem Fenster schauen zu können, weder bei Tag noch bei Nacht, weil diese verdammten Kerle Infrarot-Zielgeräte haben. Ich war es leid, den Berg Trebnik immer im Auge behalten zu müssen, in Kleidern zu schlafen, Matratzen zum Schutz an die Wand zu lehnen, mich nie waschen zu können, zu frieren. Nach weniger als einem Monat war ich es leid: Ich wollte, wenigstens einmal, nicht rennen müssen. Sollte mich doch diese verdammte Kugel treffen – und damit Schluß. Die auf dem Berg hatten gewonnen.

Ich hatte Helm und schußsichere Weste; die Leute auf der Straße, die anderen, hatten weder das eine noch das andere. Sie hatten schwere Taschen, schleppten Holz und Kanister mit Wasser.

Und das seit acht Monaten.

Meine Rückkehr nach Italien stand bevor, aber das spielte in jenem Augenblick keine so große Rolle. Ich war nicht einmal mehr sicher, ob ich überhaupt überlebt hatte. In Sarajewo weiß man das nach einer Weile nicht mehr.

Es war kalt, als ich den Hügel hinunterging. Ich blieb vor einer Glastüre stehen und überlegte, ob das ein Gasthaus war. Es sah zwar aus wie ein Holzlager, aber im Hintergrund stand an der Wand eine Theke wie in den kleinen Cafés. Zwei Frauen, die neben einem gußeisernen Ofen saßen, auf dem ein kleiner Topf dampfte, machten mir ein Zeichen einzutreten. Ich setzte mich an einen kleinen Tisch, nahm den Helm ab und zündete mir eine Zigarette an. Die Frauen schauten zu mir her, und ich bot ihnen auch eine an. Sie nahmen sie an, und so gab ich ihnen das ganze Päckchen.

Drei Männer kamen herein. Ein kleines Kofferradio spielte ein Lied, das ich kannte. Ich versuchte, mich an den Titel zu erinnern: Es war ›Nikita‹ von Elton John.

Die Frauen nahmen das Töpfchen vom Ofen, gaben den Inhalt in einen Teller, kamen damit zu mir, stellten ihn vor mich hin und forderten mich auf zu essen. Ich aß, alleine, während die anderen mir schweigend zuschauten. Als ich ging, sagten sie zu mir: »VRATI SE, komm wieder.«

Hie und da stand auf den zerstörten, verbrannten, rußgeschwärzten Mauern ganz groß geschrieben: ›Please, help Bosnia NOW!‹

Auf den Stufen des Hotels traf ich Ademir. Er fragte mich: »Wirst du nach Sarajewo zurückkommen?«

»Ich weiß es nicht, aber ich denke, ich werde mein möglichstes tun.«

Er holte den Kugelschreiber, mit dem er immer schrieb, aus seiner Jackentasche:

»Hier nimm, nimm ihn mit.«

»Was macht der Film?« fragte ich. »Wann fangt ihr an mit den Dreharbeiten?«

»Wir haben noch nicht anfangen können. Wir müssen es verschieben.«

»Und was macht ihr jetzt?«

»Momentan versuche ich, beim Fernsehen zu arbeiten. Im Juni habe ich, um den Menschen Mut zu machen, einen Videoclip gedreht. Mit der Musik, der wirklich wunderbaren Musik einer Gruppe aus Sarajewo, und während der Musik wurden die Worte eingeblendet:

›Help Bosnia now!‹ «

»Ah, dann ist also dein Video der Grund dafür, daß man diesen Satz überall lesen kann?«

»Ja, aber wenn ich heute ein Video machen würde, dann würde ich etwas anderes schreiben.«

»Und was?«

»Ich würde sagen: WELT, HILF DIR JETZT – denn wenn du es zugelassen hast, daß das, was hier geschehen ist, auch weiterhin geschieht, so heißt das, daß du die Hoffnung verloren hast.«

Bevölkerung von Sarajewo am 6. April 1992: 447000
Bevölkerung von Sarajewo am 1. März 1993: 380000

Diese Daten wurden am 11. März 1993 vom U.N.H.C.R. (UN-Hochkommissar für Flüchtlinge) veröffentlicht.

Danksagung

Die dringende Notwendigkeit, der Welt von den Opfern von Sarajewo zu berichten, und die Hoffnung, diesen Menschen zu helfen, haben bewirkt, daß die Verwirklichung dieses Buches ein Kampf gegen die Zeit geworden ist, den ich nie ohne die Hilfe derer gewonnen hätte, denen ich an dieser Stelle meinen Dank aussprechen will.

Vor allem Tanja Sekulic, Amer Hadzihasanovic, Azra Mulabdic, deren unerläßliche Hilfe weit über Nachforschungen und die Übersetzung der Briefe hinausging.

Ein besonderer Dank gilt Claudio Rugafiori für seine wertvollen und unschätzbaren Ratschläge.

Weiterhin danke ich – in alphabetischer Reihenfolge:

Luigi und Daniela Bernabò, Alessandro Dalai, Zlatko Delic, Nebojsa Bjelakovic, Amra Foco, Laura Fontana, Jasminka Hadziomersphahic, Sabiha Havceric, Bojana und Dragana Neskovic, Marie Heuzè, Antioco Lostia, Emira Mualbdic, Edith Simmons, Jasmin Tanovic, UNICEF und allen, die großzügig dazu beigetragen haben, daß die Briefe (oft einzige erkennbare Verbindung zu den unerreichbaren Familienangehörigen) in meine Hände gelangten, und die den Wunsch äußerten, nicht namentlich erwähnt zu werden.

Ich danke auch meinem Mann und meinen Kindern und entschuldige mich für die Angst, die sie in jenen Tagen während meines Aufenthalts in Sarajewo um mich hatten.

Und schließlich möchte ich Mariangela Bidinotto und den anderen Mitarbeitern des Verlagshauses Baldini und Castoldi meinen Dank aussprechen.

HEYNE BÜCHER

Stichwort

Die neue Informationsreihe im Heyne Taschenbuch vermittelt Wissen in kompakter Form. Anschaulich und übersichtlich, kompetent, verständlich und vollständig bietet sie den schnellen Zugriff zu den aktuellen Themen des Zeitgeschehens.

Allergien
19/4030

Autismus
19/4019

Asylrecht
19/4005

Börse
19/4008

Buddhismus
19/4015

Chaosforschung
19/4033

Deutschland
19/4001

D-Mark
19/4021

EG
19/4000

Freimaurer
19/4020

GUS: Völker und Staaten
19/4002

Habsburger
19/4022

Intelligenz
19/4028

Islam
19/4007

30. Januar 1933
19/4016

Das ehemalige Jugoslawien
19/4023

Die Katholische Kirche
19/4010

Klima
19/4009

Marktwirtschaft
19/4003

Ozonloch
19/4014

Psychotherapien
19/4006

Rechtsextremismus
19/4025

UNO
19/4024

Wilhelm Heyne Verlag
München

HEYNE BÜCHER

erlebt & erfahren

Authentische Lebensberichte, erschütternde Schicksale, beeindruckende Erfahrungen – eine Reihe, die offen und sachlich mit Lebenswegen unserer Gegenwart konfrontiert

19/2006

Außerdem lieferbar:

Annabel Stehli
»Dancing in the Rain«
19/2003

Zana Muhsen
Noch einmal meine Mutter sehen
19/2008

Ricarda S.
Satanspriesterin
19/2011

Sattareh Farman-Farmaian
Schahsade's Tochter
19/2012

Véronique Le Guen
Allein mit der Angst
19/2014

Wilhelm Heyne Verlag
München